DÍas *de* cementerio

Javier Valdés

DÍas *de* cementerio

Una fábula sobre la verdadera riqueza

© Javier Valdés
© De esta edición: 2006, Santillana Ediciones Generales, S. L.
Torrelaguna, 60. 28043 Madrid
Teléfono 91 744 90 60
Telefax 91 744 92 24

Diseño de cubierta: Eduardo Ruiz
Diseño de interiores: Raquel Cané

Primera edición: marzo de 2006

ISBN: 84-96463-37-0
Depósito Legal: M-730-2006
Impreso en España en los talleres gráficos Top Printer S. L. L.
(Móstoles, Madrid)
Printed in Spain

A Pablo, Regina y Sandra

UNO

✟

QUÉ ME LLEVÓ AQUELLA MAÑANA AL CEMEN-
terio?

Un par de años atrás me había asociado con un
presunto amigo en un supuesto negocio: yo era
el socio capitalista y Zanabria —mi amigo— ma-
nejaba la empresa.

Nunca tuve bien claro de qué se trataba tal
empresa, Zanabria me lo explicaba cada vez que
se lo pedía y, cada vez, menos le entendía:

—Mira, socio, ya pasó de moda eso de la empresa como tal. Acuérdate de lo que ya decía Tof-
fler: la tercera ola, mi hermano. Nuestra empresa
funciona de esa manera, a través de internet.
Ciento por ciento. No necesitamos pagar secre-
tarias, ni alquileres; nada. Así de fácil.

Cuando Zanabria hablaba de negocios era un oráculo. Uno se inspiraba nomás de oírlo. Sentía que los millones estaban allí, al alcance de la mano, y que solamente hacía falta un empujoncito, una pequeña ayuda —un Zanabria— para conseguirlos.

Con tal personalidad, prefería no indagar más, pero una tarde se me pasó un poco la mano presionándolo porque en tres meses no me había dado un solo cheque y el último que me había puesto en las manos había rebotado un buen rato.

—¿No me tienes confianza? Esto de las sociedades es como los matrimonios, mi hermano. Estamos juntos en las buenas y en las malas, ¿o no? ¿O qué? ¿Sólo me tienes confianza cuando hay repartición de utilidades?

Poco a poco me fui enterando de que nuestra empresa se dedicaba a *futuros*. Hasta allí. Nunca llegué más lejos. Una vez supe que estábamos asociados con unos ginecólogos en Brasil, quienes especulaban con futuros de uranio, y en otra ocasión estábamos hasta el cuello en futuros de café africano, asociados con un holandés muy rata.

Durante el primer año gané muy buenos dividendos; sin embargo, poco a poco mis cheques fueron disminuyendo en la cifra a pagar y la frecuencia hasta que, una semana atrás, Zanabria me había anunciado que estábamos en la quiebra. Según él, habíamos perdido hasta el último centavo. Pero no sólo eso; al principio de la sociedad, cuando todo eran lujos y billetes por todos lados, yo le había otorgado a Zanabria un poder amplísimo, el cual —me figuraba— sólo le serviría en lo referente a la empresa, pero él lo había conseguido para todos mis bienes. Aparte de esta transa, todas las cuentas y las responsabilidades las teníamos registradas en forma mancomunada ante notario público, así que, al quebrar la empresa, yo, como socio —según Zanabria—, no solamente estaba quebrado, sino que me encontraba también muy endeudado.

—¿Endeudado también? ¿Por qué?

—Así son los bisnes, mi hermano. Les pasa a los grandes hombres. ¿No sabías que el fundador de la General Motors murió en la pobreza?

—¡Me vale madre la General Motors! ¿Dónde está mi dinero?

Desde un principio me había dado cuenta de que Zanabria era medio chueco, pero siempre hablaba con una gran seguridad y no me costaba trabajo creerle sus mentiras. Sin embargo, no me cabía en la cabeza que aparte de haber perdido mi patrimonio, además debiera dinero, así que le exigí un reporte detallado —por escrito—, que explicara con claridad la situación exacta de mis finanzas. Sin embargo, antes de que Zanabria pudiera siquiera haber sacado la calculadora, mejor tomó el camino corto y se metió un balazo en la cabeza.

Ésa era la razón de mi visita al cementerio aquella mañana.

La noticia del suicidio de Zanabria me dejó en estado de *shock* y así habría permanecido no sé cuánto tiempo, pero Magda, la viuda, me había pedido encarecidamente que asistiera a las exequias, pues Zanabria tenía a esas alturas ya muy pocos amigos y la mujer no deseaba un entierro demasiado deslucido.

Asistí de muy mala gana. Muy crudo. Debido a las presiones financieras, casi no había podido dormir en los últimos días y había estado bebiendo en exceso. De cualquier manera, me coloqué unos anteojos oscuros e intenté comportarme a la altura de las circunstancias.

No tenía humor para conducir y me fui al panteón con Mendoza, un dizque amigo de Zanabria.

No había encendido el motor cuando me dijo:

—¡Ojalá te haya dejado un seguro de vida este cabrón...! Si no...

—Si no, ¿qué?

—No sé, yo nada más digo. Ya ves que cuando se mueren los socios uno tiene que empezar a dar cuentas de todo.

—Estábamos quebrados. No hay muchas cuentas que dar.

—Pues sí, pero deudas de juego son deudas de honor.

—Yo no juego.

—Pero Zanabria sí. Y muy duro, sobre todo a los caballos, y ya ves que esos cabrones son una pinche mafia.

—Tú lo has dicho, Zanabria jugaba. Yo no.

—Okei, pero luego ya ves que los acreedores no entienden de razones.

No hablamos mucho más camino al cementerio. Mendoza había terminado de ponerme de malas, y, peor aún, me había dejado muy angustiado.

Una vez dentro de la pequeña iglesia del camposanto, acompañado de media docena de personas, como un autómata, atestigüé una misa de cuerpo presente.

Al final de este calvario —en lo peor de la cruda— salimos al cementerio y tomamos por una calzada llena de criptas.

Mendoza trató de emparejarse conmigo, pero me hice pendejo y me quedé un poco atrás de la reducida comitiva.

Como no tenía nada mejor que hacer, me puse a observar los nombres escritos en algunas criptas y tumbas. En esa parte eran de familias con apellidos conocidos. Algunos hacían alarde de riquezas, aun desde el otro mundo.

¿Para qué gastar el dinero en eso? ¿Para qué edificar un monumento a la muerte?

Después de un centenar de metros, doblamos por una calle; ésta, con criptas más modestas. Unas tenían ángeles de piedra o mármol —casi todos muy macabros, por cierto—, en otras, un arcángel flanqueaba cada lado de la entrada a la morada final.

Sin embargo, también había otro tipo de muestra arquitectónica mortuoria. Una serie de criptas más modernas, con grandes domos de cristal y mucha luz. Podría decirse que con mucha vida.

Por fin llegamos a una calzada modesta, donde ya estaba listo el miserable agujero que habría de archivar a Zanabria, en medio de un anonimato francamente mortal.

DOS

✝

AL VOLVER DEL CEMENTERIO ENCONTRÉ LA puerta de mi apartamento forzada; adherida a ésta, había un acta avalada por notario, para ejecutar un embargo definitivo de todos mis bienes.

Se lo habían llevado todo: la cocina, los muebles de los baños, las puertas, hasta los teléfonos. No podía creerlo. En ese momento llamaron a la puerta.

—Pase.

Entraron un par de tipos vestidos de traje y corbata baratos. Uno de ellos llevaba un portafolios corriente en una mano y un fólder en la otra.

—Muy buenas tardes, venimos del banco. Tratamos de comunicarnos primero con usted, pero nadie contestaba. El señor es notario público, viene a dar fe.

Diciendo esto, me entregó el fólder.

—Me firma de recibido, por favor.

—¿Esto qué es?

—La orden de desahucio. Tiene usted treinta días naturales para desocupar el inmueble.

—Pero... ¡Si es mío!

—Era. El licenciado Zanabria lo utilizó como garantía para un préstamo personal, del cual nunca pagó nada, ni los intereses. Bueno, pa' qué le digo que no pagó ni la papelería y hasta dicen que se quedó con la «Mon blan» del gerente de la sucursal.

Ambos rieron de buena gana. Yo no daba crédito a lo que estaba sucediendo y pensaba —quería pensar— que estaba alucinando.

—¡No puede ser!

—Es. Por favor firme, todavía tenemos que hacer otras diligencias.

—No firmo nada.

El empleado se volvió al notario y ordenó:

—Tome nota, mi lic: el indiciado se niega a firmar de recibido en presencia notarial, con lo cual se deja constancia de que tiene hasta el día veintisiete del mes de...

Cuando me quise dar cuenta, ya se habían marchado y yo estaba parado en medio de la nada, con el fólder en la mano.

Salí a la tienda a comprar una botella de whisky para curarme la cruda —para anestesiarme, mejor dicho— y al regresar había dos personajes dentro del apartamento.

Se veían sencillamente siniestros. Uno era delgado y vestía un traje de seda azul marino, muy caro, muy elegante, muy mafioso. El otro era un tipo rudo, fuerte, alto, rapado, con tipo de animal. Cada uno en su estilo, no había a cuál irle. Avancé con suma precaución.

—Señores, buenas tardes. ¿En qué puedo servirles?

El flaco habló con voz ronca:

—¡Vaya! Jijo de tu reputa madre, hasta que me hiciste el favor de llegar, recabrón. Ya hasta iba a mandar a buscarte.

Ante el tono, sentí de pronto un gran vacío en el estómago y los muslos muy calientes. Aun así, mi instinto me llevó a utilizar la labia. Pero de cualquier manera, era lo único que me quedaba; no había para dónde hacerse.

—Disculpe, pero no creo que nos hayan presentado.

El flaco sonrió demoniacamente y ordenó:

—Estilson, preséntame aquí con el señor.

El pelón se acercó a mí y, sin previo aviso, me dio un puñetazo en el estómago, dejándome doblado y sin aire.

El flaco sacó un cigarrillo y lo encendió tranquilamente, mientras el Estilson me ayudaba a enderezarme, tomándome de la cabellera y torciéndome un brazo por la espalda, sin rastro de clemencia alguna.

El flaco preguntó:

—¿Dónde está mi dinero, reputo?

Haciendo un esfuerzo sobrehumano, alcancé a decir:

—Si me dice usted de qué se trata, yo...

El flaco le hizo una señal al Estilson y éste me dobló el brazo más aún y me acercó el rostro a su jefe, quien me mostró un cheque expedido por nuestra compañía por valor de cincuenta mil dólares. El documento estaba cruzado por un sello que rezaba «Sin fondos».

El flaco volvió a hablar:

—Mi dinero, reculero.

Efectivamente, el cheque llevaba mi firma, o mejor dicho, una falsificación perfectamente ejecutada. Junto a ésta, venía también la rúbrica del falsificador: Zanabria.

Como pude, hablé:

—No sé si está usted enterado, pero Zanabria falleció ayer...

—Estilson, sácale un ojo a este jijo de la reverga. Todavía no entiende nada.

—¡No...! ¡Por favor...! —supliqué aterrado.

—¿Dónde está mi lana, recabrón?

—Mire usted, de momento no tengo dinero yo tampoco, pero si me da unos días, seguramente...

—Mañana. Cien mil dólares.

—¿Perdón? ¿No eran cincuenta?

—Así es. A eso nomás súmale intereses moratorios y gastos de cobranza y ya te salen los cien mil. Mañana por la mañana. Si no tienes la lana, te arranco los güevos, les echamos limón y aquí el fino compañero Estilson se los traga con galletas de animalitos.

El flaco hizo una seña y el Estilson me soltó el brazo y, sin decir más, se dirigieron a la puerta.

Me quedé pasmado unos segundos e intenté abrir la botella que había comprado, tratando de soportar el dolor del brazo torcido, cuando el portero del edificio se asomó discretamente.

—Disculpe, señor.

—Pase, dígame.

—Pues sólo quería decirle que traté de detener a los que se llevaron las cosas, pero traían policías y todo.

—Gracias, Efraín.

—Bueno pero, pues, hay otra cosa...

—Si es de dinero, ahorita no, Efraín. No tengo donde caerme muerto.

—No, patrón, no es de lana. Es que hace un rato vino a buscarlo un comandante de la judicial. Me preguntó si usted y el licenciado Zanabria tenían problemas y, bueno, pues insinuó que usted tenía algo que ver con su muerte, por problemas de dinero.

—¿Un judicial?

—Sí, señor. Y no se imagina la facha de cabrón que tenía. Yo que usted, mejor me pelaba y luego averiguaba, porque dijo que al rato regresaba.

—Gracias Efraín.

—Pa' servirle, señor.

No tuve que pensarlo mucho. Cogí mi botella y me marché de lo que había sido mi apartamento durante muchos años, antes de que continuaran surgiendo más desgracias.

Al salir a la calle me di cuenta de que no tenía adónde ir. Después de haber visto la calaña de los acreedores como el flaco y el Estilson, sabía que me buscarían en los sitios obvios, en casa de parientes o amigos, y éstos podrían resultar perjudicados. Si me registraba en un hotel, con una tarjeta de crédito, tardarían cinco minutos en detectarme y localizarme, cuando mucho. Como todo rico, traía conmigo muy poco dinero en efectivo.

De pronto se me empezaron a salir las lágrimas y me sentí como un niño pequeño. Pero poco a poco el coraje y el odio fueron ganando terreno.

—¡Maldito Zanabria! ¡Hijo de tu puta madre!

Me acerqué a un cajero automático y fui metiendo una por una mis tarjetas, mientras el cajero a su vez las iba reteniendo, recomendando en la pantalla que me comunicara con mi banco urgentemente.

No tenía un centavo, ni siquiera crédito.

Maldije a Zanabria con toda el alma, con mi botella bajo el brazo y los ojos enrojecidos, cuando, de pronto, tuve una idea.

Paré un auto de alquiler y le pedí que me llevara al cementerio.

Al llegar, guardé mi botella dentro del saco y entré al camposanto donde había estado unas horas antes. Me orienté rápidamente y, sin dudarlo, me dirigí a la calzada donde había visto las criptas que no eran tan lúgubres. Disimuladamente, aunque no había nadie por allí, me fui asomando a cada una de ellas, poniendo una mano ahuecada sobre el cristal y, finalmente, encontré una que tenía todos los nichos vacíos y parecía nueva.

Saqué mi botella y le di dos largos tragos. A continuación salí del cementerio y regresé veinte minutos más tarde, acompañado de un cerrajero.

—Es la tumba de mi abuela; se me perdieron las llaves.

—No hay pedo. Orita la abrimos.

La abrió con extrema facilidad y allí mismo me fabricó a mano y lima un par llaves.

Entré a la cripta, cerrando la puerta tras de mí.

Tenía un altar cubierto con un mantel de encaje blanco, bordado, y un gran Cristo. Bajé los peldaños lentamente, como si entrara a un santuario. La cripta se encontraba tibia y muy bien iluminada. Me senté en uno de los escalones de mármol y seguí bebiendo. La noche fue cayendo lentamente, en medio de un silencio completamente nuevo para mí.

Ayudado por el alcohol, me consolé pensando que al día siguiente conseguiría algún dinero y podría salir del país o, por lo menos, de la ciudad. Lo primero era poner a salvo mi persona. Ya luego vería qué hacer para resolver los desastres heredados de Zanabria.

Ya completamente ebrio, me recosté dentro de uno de los nichos y —aunque pueda resultar un tanto extraño, debido a la naturaleza del lugar— no tardé en quedarme dormido.

Sin embargo, unas horas después me despertó una sed infernal. Tardé unos segundos en darme cuenta de dónde me encontraba y, por un instante, pensé que todo había sido una pesadilla de la cual ya estaba despertando. Pero no. Al tratar de incorporarme, me golpeé la cabeza con el piso del nicho de arriba, lo cual me colocó dolorosamente en la realidad. De cualquier manera, la sed que sentía era demasiada, así que subí con precaución los escalones y salí de la cripta.

Consulté mi reloj. Eran las tres de la mañana.

Muy desorientado al principio, pronto mis ojos se acostumbraron a la oscuridad. Debía de haber un grifo cerca. Recordaba haber visto varios aquella mañana; los utilizaban para regar y ponerle agua a los floreros de las tumbas.

No hube de caminar demasiado. Al final de la calzada, un grifo goteaba y su rítmico sonido se escuchaba con sorprendente claridad. Abrí la llave y acerqué la boca, bebiendo con desesperación.

De repente, me dio la sensación de que algo se movía tras de mí y me volví rápidamente.

Nada. Sólo las sombras de los árboles y las criptas. De cualquier manera, el sitio había comenzado a ponerme nervioso —por no decir que a darme miedo—, así que bebí un poco más de agua y volví a mi cripta.

Bajé con cuidado los peldaños y apuré lo que quedaba en la botella. Ahora hacía bastante frío. Me acurruqué de nuevo dentro del nicho y tardé poco en quedarme dormido.

El sol iluminaba el interior de la cripta cuando desperté. Me dolía todo el cuerpo. Tenía molestias en músculos y huesos que ni siquiera imaginaba que existieran. Lo que podía llamar mi cabeza estaba a punto de estallar y tenía la boca seca y pastosa. Esta vez no me costó ningún trabajo ubicarme. Iba a salir del nicho cuando me di cuenta de que me encontraba cubierto con una cobija roja, de lana. A pesar de mis dolores y la espantosa cruda, la cobija me hizo olvidarme de todo. ¿Cómo había llegado hasta allí? ¿Había caminado dormido? ¿O tal vez demasiado borracho y lo había olvidado? No sería la primera vez que padecía de lagunas mentales. En una ocasión había despertado en mi cama abrazando un saxofón y nunca supe cómo había llegado hasta allí. Sin embargo, la fuerza de la resaca fue mayor que mis cavilaciones así que doblé la cobija —no sabría decir por qué—

y la coloqué dentro de mi nicho. Casi trastabi-
llando, salí de la cripta. El cementerio se encontraba prácticamente desierto. Eran las once
de la mañana.

Volví a detenerme frente al grifo y, después
de beber, me eché agua a la cara y me humede-
cí el cabello. Unos minutos después, salí del cementerio y me fui a comer algo y a curarme un
poco la cruda.

Mientras devoraba unos huevos bien pi-
cosos en una fonda cercana, no podía dejar de
pensar en la cobija, pero tenía cosas más importantes de qué ocuparme. Para empezar, llamaría
a mi mejor amigo, el buen Vivanco; seguramente me ayudaría.

Al salir de la lonchería, mis problemas eran los
mismos, pero me sentía reanimado con el estómago lleno. Además, el chile de los huevos y dos
cervezas bien frías me habían regresado a la vida.

Llamé a Vivanco desde un teléfono público.

Vivanco fue directo al grano.

—¿Cuánto necesitas?

—Lo más que puedas.

—Te puedo dar veinte mil pesos ahorita y
luego conseguirte más, por lo menos para que
tengas con qué moverte. Ya te vinieron a buscar
aquí un par de cabrones, muy enojados, pero los
mandé a chingar a su madre.

No me imaginaba a nadie mandando al Estilson a chingar a su madre.

—¿Puedes hacerme el favor completo y traerme el dinero?

—Claro que sí. Dime adónde te los llevo; de paso me platicas en qué líos andas metido.

Le proporcioné las señas de la lonchería y, mientras llegaba, entré a una cantina y me bebí en tequilas los últimos doscientos pesos que me quedaban.

Por supuesto, muy pronto empecé a ver todo el asunto con más optimismo. Por eso hay tantos alcohólicos. El efecto es inmediato y casi mágico.

Me dirigí de nuevo a la lonchería hasta que vi venir el coche de Vivanco, lo observé aparcar y empecé a sentirme muy bien. Sin embargo, unos segundos después llegó otro automóvil y descendió de él nada menos que el Estilson.

Desde luego, no me quedé a investigar el desenlace y, sin ser notado, me escabullí entre la gente con rumbo a mi guarida y, comprobando que no me seguían, me introduje de nuevo en el cementerio. Llegué a mi cripta y cerré la puerta, consolándome con que, por lo menos, estaba vivo y bien. No tenía el dinero prometido por Vivanco, pero tenía los testículos en su sitio.

En eso estaba cuando escuché que tocaban a la puerta de la cripta.

Me quedé paralizado y contuve el aliento. Los toquidos eran suaves, pausados. Insistieron de nuevo, con la misma delicadeza. Me armé de valor y con suma precaución fui subiendo los peldaños, asomándome poco a poco. Por fin descubrí que no era el Estilson ni nada parecido, sino un anciano con la barba crecida de varios días.

Al verme a través del cristal, me saludó a señas.

Abrí la puerta.

—Buenas tardes, patrón.

—Buenas.

—Disculpe usté' la interrupción pero pasé a preguntarle si está bien con una cobija o quiere que le consiga otra.

Me sorprendí bastante y lo invité a pasar, como si se tratara de una casa común y corriente.

Respetuosamente, el anciano se quitó el sombrero y entró a la cripta. Una vez dentro, me extendió una mano al tiempo que decía:

—Mateo, para servirle, patrón.

—Mucho gusto, don Mateo. ¿Fue usted quien me puso la cobija anoche?

—Pues sí, patrón. Me había levantado para hacer mi ronda y me lo encontré a usté' tomando agua. No quise asustarlo, por eso no le hablé, ni nada. Luego lo seguí hasta acá y pues me imaginé que iba a tener frío, así que le traje la cobija y se la puse.

—Gracias, don Mateo. Entonces, ¿usted trabaja aquí?

—Sí, patrón. Soy uno de los cuidadores.

—Por favor, déjeme que le explique; yo...

—No hace falta, patrón; ya me puedo imaginar el tamaño del problema pa' que un señor tan elegante tenga que venir a esconderse acá.

—Le juro que será temporalmente, puede creerme...

—Ya le dije que no se preocupe. Yo tengo mi casa, que es la suya, aquí al final de la calzada y allí vivo con mi esposa, por si algo se le llega a ofrecer.

—Gracias, don Mateo. ¡Muchas gracias!

—Usté' no se preocupe y si necesita algo, ya sabe dónde tiene su humilde casa. ¿Va'querer la otra cobija?

—Pues ya que lo menciona, sí, don Mateo, se la voy a agradecer.

—Los baños están cerca de la entrada, pegados a la reja.

—Gracias.

—Usté' no se preocupe y tómelo con calma; ya verá que con un poco de tiempo, todo encaja en su lugar, todo se resuelve.

—Estoy seguro de que sí y gracias por su comprensión.

—Escogió usté' bien esta cripta, es de las mejores.

—A sus órdenes —agregué, y al terminar de decirlo me sentí ridículo.

TRES

✝

dL MARCHARSE DON MATEO ME SENTÍ ALIVIADO. Por primera vez en los últimos días, me sentí en paz. No pude dejar de pensar que a lo largo de mi vida había habitado siempre en apartamentos de lujo, pero jamás me había sentido igual de contento que en ese momento. Cuando el anciano me permitió quedarme, por vez primera contaba con un verdadero hogar.

De nuevo se escucharon unos golpes en la puerta.

Otro anciano, casi en los huesos, con una mueca como sonrisa, debido a lo restirada de la piel sobre el cráneo, muy moreno, con sombrero y pantalones como calzones de indígena y huaraches, me tendió la mano —callosísima— y dijo:

—Mi nombre es Lucas, patrón, soy uno de los enterradores. Disculpe que lo moleste, pero don Mateo me avisó que iba usté' a estar por aquí y quise pasar a ponerme a sus órdenes. Yo vivo en la esquina del otro lado, al norte. Ahí puede encontrarme cuando quiera. Pero bueno, quería preguntarle si no se le ofrece nada.

—Es usted muy amable, don Lucas; en verdad me hace falta de todo. Cualquier cosa sería bienvenida.

—Tons' 'péreme tantito; orita regreso.

Un cuarto de hora más tarde, el flaquísimo y noble anciano regresó, llevando consigo una caja de tablas de madera, con varios objetos dentro.

Bajamos al interior de la cripta y sacó las cosas de la caja de madera: unas tortas, unos chiles serranos y dos refrescos rojos.

Hábilmente, el anciano acomodó la caja como una mesita y nos sentamos en los escalones. Las tortas eran de queso de puerco y estaban exquisitas. Al terminar, don Lucas sacó de entre sus ropas una botella alargada.

—Éste es un licorcito de tuna, patrón. ¡Pruébelo!

Bajamos las tortas con el licor y cuando me quise dar cuenta ya estaba ebrio de nuevo. Don Lucas se despidió.

—Cualquier cosa, ya sabe dónde encontrarme.

—Gracias, don Lucas.

Me recosté satisfecho en mi nicho y me quedé profundamente dormido.

Al despertar, horas más tarde, ya había oscurecido, pero había una vela encendida en lo alto de los escalones, lo que iluminaba bastante el lugar.

En un principio, me sentía muy raro, como si me faltara algo. Pronto caí en la cuenta de qué me sucedía. No me sentía con resaca en absoluto. Ni ebrio. Me sentía extraordinariamente tranquilo. Debía de ser muy bueno aquel licor. Ni sed tenía.

Salí de mi nicho y comprobé que tampoco estaba dolorido; a continuación descubrí una cobija de lana azul, perfectamente doblada, y un plato tapado. Dentro había unos tacos sudados, de papa con chorizo, envueltos en un trapo. Al lado de éstos, una botella de licor de tuna.

Después de cenar regiamente, me congratulé por mi buena suerte, antes de caer dormido como un bebé bien amamantado.

A la mañana siguiente, desperté como nuevo. Literalmente. No estaba crudo, no me dolía nada y no recordaba haber descansado mejor en toda mi vida. Había sido un sueño absolutamente reparador.

Salí al baño y, de regreso, me paseé un poco por el cementerio. El aire matinal era refrescante y agradable. El sol iluminaba las criptas y los pájaros cantaban, lo cual llamó mi atención. No recordaba haber escuchado cantar pájaros en esta ciudad. Aquí lo hacían con absoluta claridad.

Vi venir a un hombre y descubrí que se trataba de don Mateo.

—Buenos días, patrón. ¿Cómo amaneció?

—Muy bien. Gracias, don Mateo. Puedo decir que mejor que nunca.

—Se le ve muy bien. Venga conmigo, quiero presentarle a mi señora.

Seguí de cerca al anciano, quien a cada momento me causaba mayor afecto y simpatía. Sentí de pronto como si lo conociera de toda la vida.

Llegamos a una de las esquinas del panteón, donde había una casita de ladrillos de adobe.

—¡Pásele, patrón! Aquí tiene su humilde casa. —Y luego gritó suavemente—: ¡Licha, ven a saludar al patrón!

Una anciana pequeña y regordeta, con trenzas, apareció luciendo un gran delantal. Se limpió en él las manos, delicadamente, y luego me extendió una de ellas, muy frágil y cálida.

—Mucho gusto, patrón.

—El gusto es mío, Señora.

—Pásele! ¡Siéntese! ¿Ya desayunó?

—Pues...

—¡Siéntese! Orita le sirvo unos frijolitos.

La diminuta estancia era tranquila y acogedora. En un jarrón había unos girasoles inmensos y en otro rosas rojas con algunos ramilletes de florecitas blancas. Permanecimos en silencio un rato, mientras doña Licha ponía un mantel y unos cubiertos sobre la mesa. El ambiente se fue llenando con el aroma a tortillas recién preparadas.

Me parecía increíble que tan sólo a un centenar de metros de allí pasara un periférico, siempre atestado de tráfico, y aquí todo fuese paz. Más bien parecía una escena campestre.

Finalmente, doña Licha puso unas tortillas sobre la mesa, envueltas en un trapo, y sirvió un plato de barro, hondo, lleno de frijoles que me olieron como a sueños. Frente a mí, en otro plato similar, colocó una salsa de jitomate, cebolla y chile, sancochada.

Yo había visitado los mejores restaurantes *gourmet* de esta y otras ciudades importantes, pero jamás había probado cosa igual.

Comí dos platos de frijoles, toda la salsa y las tortillas, a insistencia de mis anfitriones, acompañados de una cerveza. Al final me bebí dos jarros de café de olla y me comí un cocol.

Don Mateo sacó una caja de Delicados y me ofreció uno. Yo estaba acostumbrado a los cigarrillos americanos, pero cualquiera era bueno en ese momento. Al encenderlo, descubrí que nunca antes había probado tabaco tan delicioso.

Cuando terminé el café y el cigarrillo, don Mateo se puso de pie y dijo:

—Aquí tiene una ropita, a ver si le queda. —Y me entregó unas prendas—. Aquí atrás está la regadera, si quiere bañarse. Sólo que tarda unos minutos en salir el agua caliente; no se desespere.

Agradecí el detalle con lágrimas en los ojos y me metí a bañar. Al salir, me puse unos vaqueros que me quedaban un poco —bastante— cortos y una camisa de manta, demasiado larga pero igualmente cómoda, así como un par de huaraches. Para completar el atuendo, don Mateo me obsequió un sombrero tejido en paja muy fina. Recogí mi traje de marca, así como la corbata de seda negra y la camisa.

Al salir del baño, doña Licha dijo:

—Déme su ropa, patrón. Yo se la lavo.

—Por favor no se moleste, yo...

—No es molestia y no se preocupe, no se la voy a maltratar, ya verá.

—No sé cómo agradecerles todo lo que han hecho por mí. En verdad, nunca nadie me había tratado tan bien.

Iba a empezar a llorar, pero don Mateo me rescató hábilmente.

—Véngase, patrón; le voy a enseñar el cementerio, para que no se pierda.

Salimos, nos pusimos los sombreros y comenzamos a caminar en silencio por la calzada principal, donde se encontraban las criptas más antiguas, más suntuosas. Algunas parecían réplicas a escala de auténticas catedrales.

Don Mateo notó mi interés en estos monumentos y se detuvo.

—¿Qué le parece, patrón?

—¡Qué gasto más inútil!

—Fíjese usté' en aquélla, la que es toda de mármol blanco.

Observé la cripta que el anciano me señalaba. Casi tendría la altura de un edificio de cuatro o cinco pisos. Sin embargo, se encontraba completamente deteriorada, en el abandono total.

—Esa cripta fue la primera de este panteón, patrón. La familia donó los terrenos para el camposanto, hace como doscientos años o algo así. Eran españoles. Al último de ellos lo guardamos hace como cincuenta años. Eran una de las fortunas más importantes de aquel entonces. ¿Ya vio el nombre de la familia?

Distinguí el nombre y asentí.

—¿Le dice algo? ¿Le suena?

—Para nada. Son apellidos comunes.

—Luego así pasa. ¿No, patrón? De un día para el otro las cosas cambian.

—¿Quebraron? —pregunté, utilizando la palabra como algo sucio.

—No sé. La cosa es que todos se murieron y no quedó nadie ni nada de ellos, nomás la cripta y, como no dejaron con qué mantenerla, se está cayendo a pedazos. Muy pronto ni los apellidos van a quedar.

Dicho esto, mi guía emprendió de nuevo la marcha, tomando un atajo entre las tumbas. La breve charla me había dejado pensativo. Algún día, yo también iba a desaparecer de manera similar, pero, en mi caso, ni siquiera dejaría una pequeña catedral como recuerdo. Sin embargo, no me sentía mal al pensarlo. Seguía sintiéndome muy bien. Cada vez mejor. Como si entrara más aire a mis pulmones o, mejor aún, podía sentir el aire entrando por mi nariz e irse calentando en mi frente y en mis pómulos, por dentro, muy adentro, para depués bajar tibio y húmedo por la tráquea.

Jamás había sentido algo tan esencial como el aire.

A pesar de caminar bajo pleno sol, no sudaba y —por más que la esperaba— la resaca no aparecía.

Entonces recordé haber conocido en casa de Zanabria a un colombiano que traía una cocaína muy especial, casi transparente. La habíamos aspirado a discreción y fue —hasta ese momento— la experiencia más intensa y agradable de toda mi vida. No obstante, comparado a cómo me sentía aquella mañana, la cocaína transparente del amigo de Zanabria equivalía no más que a beberse un refresco.

En eso estaba cuando vimos venir a otro anciano por el mismo atajo. Al acercarnos, noté que llevaba una pala al hombro y, en cuanto se aproximó, se quitó respetuosamente el sombrero y se limpió el sudor de la frente con el dorso del antebrazo.

Don Mateo nos presentó:

—Mire, patrón, éste es don Lázaro, el otro enterrador.

—Mucho gusto, don Lázaro.

—Mucho gusto, patrón. ¿Cómo lo tratan? ¿No se le ofrece nada?

—Muy amable, gracias. Me tratan muy bien. Demasiado bien.

—Nada es demasiado para un huésped.

—Muchas gracias.

—¿'Ónde vas? —le preguntó don Mateo.

—Al cuartel dieciocho.

—¿Tienes entierro?

—Sí.

—¿Vamos? —me preguntó don Mateo.

Como me sentía tan bien y —por supuesto— no tenía nada mejor que hacer, acepté de buena gana.

Caminamos en silencio y, mientras observaba a don Lázaro y su pala, más me parecía que la herramienta era una parte de su persona. En eso llegamos a un sitio donde se encontraba excavada una fosa y al mismo tiempo vimos aproximarse lentamente un no muy numeroso cortejo.

—Nos vemos al rato. Mucho gusto, patrón.

—El gusto es mío.

Don Lázaro se deslizó suavemente y ocupó con su pala un lugar cercano al montículo de tierra que él mismo había excavado aquella mañana.

En eso pasaba frente a nosotros el cortejo. Don Mateo se quitó el sombrero y yo hice lo propio.

Una vez que tomaron todos los asistentes sus puestos a unos metros de distancia, don Mateo comentó en voz baja:

—Una anciana, patrón.

—¿Cómo lo sabe? —pregunté, en el mismo tono bajo.

—Vea los asistentes. Puros jubilados. El hombre aquel, como de cuarenta años, es el hijo. No hay gente joven. No tenía otros parientes. El hombre es hijo único. No tiene amigos. Su madre era todo para él.

Observé la escena y la deducción de mi anfitrión me dejó sorprendido.

—Estos entierros son muy deslucidos. Mejor véngase, patrón, vamos a sentarnos un rato al solecito.

Nos alejamos de allí, no sin antes recibir una casi imperceptible despedida de don Lázaro.

Tomamos otro atajo y unos minutos después llegamos a un hermosísimo claro, muy pequeño, rodeado de frondosos abetos. El césped estaba bien cuidado y perfectamente recortado. Había dos tumbas de mármol blanco que imitaban dos féretros y se encontraban bien limpias y pulidas. El sol caía a plomo y quemaba deliciosamente. Yo seguía sintiendo que mis pulmones respiraban cada vez mejor. Por si esto fuera poco, el aroma que despedían los abetos me bajaba por los bronquios y se me deslizaba por la sangre, combinado delicadamente con el oxígeno nuevo.

El lugar era como un oasis de absoluta paz. Nunca me habría imaginado un lugar tan bello dentro de un cementerio. Podía pensarse que aquellos dos que yacían allí en verdad descansaban en paz.

Don Mateo tomó asiento sobre uno de los féretros de mármol y me convidó a hacer lo propio frente a él.

—Con confianza, patrón —dijo, convencido—, aquí vamos a estar a gusto.

Don Mateo sacó los Delicados. Encendimos unos y luego, de entre sus ropas, extrajo una botella similar a la del licor de tuna de don Lucas, pero que contenía un líquido ambarino.

—Pruébese éste, patrón; es de tejocote. Lo hacen mis parientes, unos indios de la Sierra de Hidalgo.

No lo dudé un instante.

De inmediato mi lengua se llenó con la sensación que producen esos caramelos que van estallando en la boca como chispitas, pero con mucha mayor potencia. La bebida era al mismo tiempo dulce y ligeramente amarga. Al pasar de la boca a la garganta iba dejando una estela como de fuego y frío al mismo tiempo.

—¿Qué le parece, patrón?

—Increíble.

—Bueno —dijo levantando la botella—, a la salud de los Eulalios, aquí presentes.

Dio un buen trago y me volvió a pasar la botella.

—Por los Eulalios —brindé, y volví a deleitarme con el licor de tejocote.

Palpé distraídamente el féretro que me servía de asiento y sentí —o me pareció sentir— algo parecido a una ligera descarga eléctrica. Nada desagradable, por cierto.

—Lo están saludando —dijo don Mateo.

En condiciones normales no sé qué habría hecho o cómo habría reaccionado, pero aquéllas no eran —para nada— condiciones normales, sobre todo después de aderezarlas con todos aquellos tejocotes, procesados con quién sabe qué métodos y cuántos siglos de magia.

Aquélla era una experiencia en serio.

—¿Quiénes eran los Eulalios, don Mateo?

—Bueno, patrón, pues la verdá' no sé si sea cierto, porque pues, ya sabe usté' que luego la gente dice cosas y ni sabe, pero pues aquí es como allá afuera, ¿no? Conocemos una historia y allá afuera es otra, aunque sea la misma. Lo importante es que las dos son historias de vida, aunque la muerte las divida, o tal vez las une. ¡Vaya usté' a saber!

Me cautivaba la voz del anciano. Me imaginaba que veía sus palabras, más que escucharlas.

—Siga hablándome de los Eulalios, don Mateo.

—Bueno, patrón, sólo porque usté' lo pide, pero antes, dése otro trago.

Obedecí y me dispuse a escuchar.

Plácidamente, don Mateo se arrellanó en su féretro, se dio otro trago y, con la mirada fija, perdida en los abetos, inició su relato:

—Pues, según cuentan...

CUATRO

✝

E ULALIO ERA UN HOMBRE GRIS. TENÍA CUA-
renta y cuatro años y trabajaba en la
Secretaría de Comunicaciones y Transportes. Tenía título de arquitecto, pero lo que hacía en su
trabajo no tenía nada que ver con la arquitectu-
ra, pues solamente se dedicaba a poner sellos y
vistos buenos en una cantidad interminable de
papeles y planos, sin importarle en realidad lo
que hacía. Después de veinte años de seguir la
misma rutina, pasaba sus horas de trabajo como
si estuviera dormido. Sin embargo, desde unos
meses atrás, lejos de pasársela en blanco, dedicaba todas las horas de trabajo mecánico a soñar,
mientras aplicaba sellos por aquí y por allá.

Al salir de la Secretaría, se dirigía directamente a casa, donde su devota y amantísima

madre —doña Eulalia— lo recibía diariamente agasajándolo con toda clase de platillos y golosinas que ella misma preparaba amorosamente para su vástago.

Doña Eulalia había enviudado cuando su hijo tenía cuatro años y se había puesto a trabajar como afanadora en la misma Secretaría. Ahora estaba jubilada y se dedicaba en cuerpo y alma a su queridísimo hijo.

A pesar de haber sido muy gris como estudiante, gracias al impulso del amor y la fe que le profesaba su madre, Eulalio logró licenciarse como arquitecto. Como no tenía dinero ni relaciones, el único trabajo que encontró fue precisamente en la propia Secretaría.

Carente de atractivos y sin personalidad alguna, Eulalio se había ido acostumbrando a pasar desapercibido; de hecho, esta condición había llegado a gustarle, a formar parte de sí mismo. Y es que le resultaba más cómoda. Así, muy pronto, se auto desapareció del mundo real.

En cuanto a las mujeres, al principio las había deseado, después les había cogido miedo y, por fin, había terminado por ignorarlas. Amaba a su madre de muchas maneras y con esto compensaba su carencia de otro tipo de contacto femenino.

Doña Eulalia le cocinaba pasteles, tamales o galletas para la sesión de la tarde, que consistía en ver juntos las telenovelas y algún que otro programa de concursos. Al final de la jornada, a eso de las diez de la noche, doña Eulalia se retiraba a su diminuta alcoba, mientras Eulalio lavaba los platos y aprovechaba para fumarse a escondidas un cigarrillo en la ventana de la cocina.

Aparentemente, la rutina de Eulalio era la misma de siempre: se cepillaba los dientes, apagaba las luces, se dirigía a su alcoba, cerraba la puerta y se acostaba.

Hasta unos meses atrás, Eulalio apagaba la lamparita de noche y se dormía. Pero ahora era diferente: contemplaba la fotografía pegada en la parte posterior de la puerta. Se trataba de un anuncio que había recortado de una revista, con una bella modelo, promocionando una conocida marca de relojes.

Desde que Eulalio había visto la fotografía de la mujer, unos meses atrás, los ojos de la modelo lo habían cautivado inmisericordemente. Podía contemplarlos durante largo rato y tenía la impresión de que brillaban con luz propia. La belleza de la mujer lo tenía embrujado. Había mandado amplificarla y plastificarla. Luego la pegó tras la puerta. Desde entonces, su romance con la modelo fue subiendo de tono, al punto de que no pocas veces, con sigilo, había cerrado la puerta con llave y se había masturbado profusamente, contemplando a la bella modelo.

Pegada bajo ésta, había otra fotografía: la portada de una revista de viajes. Mostraba una bellísima y diminuta isla caribeña, desierta, de arena blanca, llena de esbeltas palmeras, algunas inclinadas, casi besando un mar transparente de imposible fondo azul.

Aquellas fotografías se habían convertido en la otra vida de Eulalio y eran para él casi tan importantes como su propia madre. Pero no había conflicto de intereses, pues, en el peor de los casos, su madre también representaba la cohesión entre ambos mundos y estaba convencido de que se iría a vivir a aquella paradisiaca isla con la modelo de la fotografía y —obviamente— con su madre, donde los tres serían infinitamente felices.

Sin embargo, dentro de aquella bien elaborada fantasía, existía un problema técnico de lo más mundano: el dinero.

Eulalio ganaba muy poco y la pensión de su madre era una miseria. Para ellos dos, bastaba y sobraba, dada la modestia con que vivían. Sin embargo, la modelo y la isla requerirían de fondos adicionales.

Para eso, sin embargo, podía valerse de otra fantasía. Y no hubo de pensarlo mucho; la repuesta a sus necesidades estaba en la lotería.

Una semana, se habían llegado a acumular muchos millones, una cantidad que para Eulalio era astronómica y —según él— suficiente para conquistar a la modelo, comprar la isla y hasta más.

De esta manera, se había disciplinado a jugar una serie de números cada sorteo. Siempre la misma serie. Su madre se encargaba dos veces por semana de ir a la agencia de la esquina y obtener el boleto. Después, al llegar a casa, lo guardaba en una carterita de mica, para que no se maltratara, y luego lo ponía en el bolsillo de alguna de sus prendas colgadas en el ropero.

Más por costumbre que por otra razón, invariablemente informaba a su bienamado hijo de que ya había comprado la lotería y de que el boleto estaba a buen resguardo en el bolsillo de tal o cual prenda en el ropero.

A todo esto, doña Eulalia compartía los sueños de su hijo. Después de tantos años juntos, solos, prácticamente no había secretos entre ellos. Eran más amigos que otra cosa. Buenos amigos. Tanta soledad había terminado por fusionarlos.

Las semanas se fueron deslizando y el amor de Eulalio por la modelo se convirtió en una insana obsesión. Se pasaba todo el tiempo divagando. Ya ni siquiera las telenovelas le interesaban. Ya se veía paseando por la playa —en cámara lenta—, corriendo tras la modelo —*su mujer*—, risueña, mientras su madre los observaba feliz y satisfecha, sentada en la blanca arena.

Una noche, mientras contemplaba las fotografías sobre la puerta, pudo ver claramente a la modelo paseándose por la playa, nada menos que embarazada —de Eulalio, por supuesto—.

Al ir pasando el tiempo, una cosa estaba clara: Eulalio no perdía la fe. Sus cada vez más frecuentes e intensas masturbaciones así lo indicaban.

Cada día, su fantasía era más vívida. Podía oler el yodo del mar, escuchar con claridad sorprendente el ruido de las olas al romper contra la arena, sentir la arena crujir bajo sus pies. Al tomar de la mano a la modelo, Eulalio sentía claramente la tersura de la piel de su amada. El aroma que despedía la mujer era exquisito.

Una noche, la modelo le había guiñado claramente un ojo desde su sitio tras la puerta y, un rato después, al apagar la luz, unos números en la carátula del reloj se quedaron iluminados durante varios segundos.

Eulalio observó bien los seis números iluminados y los memorizó. Unos instantes después, la carátula se apagó.

Eulalio supo de inmediato que se trataba de un mensaje que le enviaba la modelo.

—Claro —razonaba Eulalio—, como sabe que está embarazada, le urge que nos casemos.

A la mañana siguiente, muy emocionado, sin dar explicaciones innecesarias, le pidió a su madre que cambiara la combinación de la lotería y le dio la nueva por escrito. Feliz, se fue a trabajar.

Tres horas más tarde, lo llamaron a la Secretaría para informarle de que su madre había muerto. Doña Eulalia se había desmayado en plena calle, la habían llevado a su casa y allí había fallecido.

Sobra decir que la noticia fue un mazazo para Eulalio. Perdía al mismo tiempo madre, padre y su mejor y único amigo. Sentía que se había muerto una buena parte de él. De pronto sentía que lo habían cortado en dos. No pudo imaginar las tardes solo, en el pequeño apartamento, y se puso a llorar como un niño.

Doña Hortensia, la portera del edificio, tomó cartas en el asunto: llamó a la ambulancia de la seguridad social para los trabajadores del estado y fue también ella quien llamó por teléfono a los pocos amigos de doña Eulalia y asimismo la que cogió del ropero el traje negro de la difunta para que la vistieran en la funeraria.

El estupor de Eulalio solamente se veía interrumpido por esporádicos ataques de pánico.

Durante el velorio, el pobre Eulalio se hubiera podido pasar toda la noche llorando, contemplando el cadáver de su madre a través del cristal del ataúd pero, como el plan para el tipo de jubilados al que doña Eulalia pertenecía sólo cubría un ataúd clase B —sin cristal—, se pasó toda la noche llorando contemplando la caja cerrada.

Doña Hortensia organizó dos rosarios y consiguió un sacerdote para que oficiara una misa de cuerpo presente.

Fue la noche más larga y dolorosa en la vida del buen Eulalio.

Por fin la enterraron.

No pudieron sellar con cemento las losas, porque, con su tipo de pensión, se usaba cemento clase B y en ese momento no lo había. No importó gran cosa; le pusieron las losas sin cemento, le echaron la tierra encima y allí quedó archivada doña Eulalia.

Eulalio volvió a casa y, después de informar en la oficina, le dieron quince días de licencia, con goce de sueldo, por duelo materno —una de las grandes conquistas del sindicato—.

Eulalio dedicó esos días íntegramente a embrutecerse con alcohol.

Por fin, un día decidió que no podía seguir así o, mejor dicho, fue la modelo de la fotografía la que se impuso. Era lo único que le quedaba. Su apego a la vida. ¿La iba a conquistar con aspecto de puerco? ¿Apestando a borracho? ¿Sin rasurarse?

Se puso en orden y se presentó a trabajar.

En la oficina, sobre su escritorio, encontró un pequeño estuche con una plaquita de latón dentro, con el nombre grabado de doña Eulalia: como un reconocimiento a treinta y cinco años de labores ininterrumpidas. En el día se su muerte, *in memoriam,* de parte de la Secretaría.

Eulalio no pudo menos que echarse a llorar.

Al salir del trabajo, evitando todo el tiempo pensar en la soledad que le esperaba, miró en una agencia los resultados de la lotería de los últimos sorteos desde la muerte de su madre.

Al llegar en la lista al sorteo celebrado en la fatídica fecha, Eulalio se quedó literalmente con la boca abierta. La combinación ganadora era la suya; los números que le había dictado la carátula del reloj de su mujer.

Lo revisó una y otra vez. Sí, no cabía la menor duda.

De pronto, no cupo en sí de puro gusto.

Desde luego, el dinero no suplía a su madre, pero agilizaba el trámite para casarse con la modelo.

Tomó un taxi a casa.

Era un hombre rico.

Muy rico.

Las culpas se mezclaban con la celebración. ¿Cómo podía estar feliz en medio de la magnitud de su pérdida?

—Ella así lo hubiera querido —se repetía una y otra vez, mientras en los intervalos sentía una dicha desconocida.

¡Era millonario!

Con las piernas temblándole, se introdujo al apartamento y se tomó un tequila para calmar la emoción. Luego, otro. Se llenó de valor y entró a la habitación de su madre, que hasta entonces había estado cerrada, y con gran respeto y fervor —y también con una ansiedad desbordada—, se dirigió a la puerta del ropero y la abrió. En verdad no había mucho dónde buscar: un saco de lino, muy gastado, que le habían regalado los compañeros de intendencia el día de su retiro; un abrigo gris, que le había heredado una vecina; un saco de lana que le había traído de Colombia el señor Juárez, de la Secretaría, y dos trajes sastres, uno color mostaza, con el que salía a cobrar su pensión, y otro negro que doña Eulalia utilizaba para las ocasiones especiales como bodas y... entierros.

Buscó en los bolsillos de las prendas, evitando la tristeza lo más que podía.

Esculcó todas las prendas.

Y luego otra vez.

Y una más.

No estaba.

A Eulalio le entró un ataque de pánico, pero intentó calmarse yendo a buscar la botella de tequila, y se dio unos tragos.

El comprobante de la lotería podía estar en otra parte. Se puso a buscar en todos los bolsillos de todas las prendas de su difunta madre y por fin encontró algo en el bolsillo interior de su saquito de diario, el de lino, que olía mucho a ella. Con lágrimas en los ojos, Eulalio metió la mano y extrajo un papel, pero era una nota de la tintorería.

Entonces pensó que iba a perder la razón. Salió desesperado de la alcoba de su madre y se puso a beber.

Una vez más tranquilo —una vez ebrio—, se dirigió a la fotografía de la modelo, en busca de instrucciones, pero la foto permaneció inmóvil.

Volvió a la habitación de su madre y siguió buscando frenéticamente. Dos horas después, había sacado todas sus pertenencias sin encontrar nada. Había abierto y sacado todos los cajones y todo había sido inútil.

¡Nada!

Se embriagó hasta que por fin pudo quedarse dormido.

Eulalio dedicó la mitad del día siguiente a curarse la cruda y a ordenarlo todo, volviendo a buscar, con nulos resultados, hasta que una idea brilló en su cerebro: el traje sastre color negro.

No obstante, reemprendió la búsqueda.

Unas horas después, Eulalio no pudo soslayar más la situación: el billete de la lotería lo habían enterrado junto con su madre...

... junto con todos los millones... junto con la modelo y el bebé que venía en camino... junto con la isla...

De pronto se vio desenterrando a su madre y al momento siguiente la simple idea le produjo vómitos.

Una vez instalada la idea en su cerebro, no dejó de obsesionarlo y, como suele suceder con las obsesiones, mientras más deseaba no pensar en el asunto, más rebotaba la idea en el interior de sus pliegues cerebrales.

Luego llegó el consuelo: ¿no sería ella la primera en querer ver realizado el sueño de Eulalio?

El tequila y esta idea combinados lograron calmarlo y llevarlo finalmente a la conclusión de que su madre no solamente apoyaría la idea, sino que le exigiría que lo hiciera, que la desenterrara. A final de cuentas, lo que estaba en juego era nada menos que la felicidad de su adorado hijo.

Aun así, existía el detalle de llegar hasta el billete, un par de metros bajo tierra.

En medio de un cementerio.

Para desenterrar...

¡A su madre!

Quien, además, llevaba muerta tres semanas... La sola idea casi lo enloqueció.

Se olvidó de todo y se medio ahogó en alcohol. El vacío de la irreparable pérdida, las culpas. La ansiedad que lo consumía, pensando todo el tiempo en aquella su única oportunidad de realizar un sueño, por una sola vez en toda su vida. Uno solo.

Siempre había sido el feo, el mediocre, el ignorado por todos. Ésta era su oportunidad. No se perdonaría el dejarla pasar. Se volvería loco al final.

Lo sabía.

Con la mente ocupada por la modelo, el bebé —que sería niña y la bautizarían con el nombre de Eulalia— y la isla, Eulalio se medio intoxicó con tequila y tomó un taxi al cementerio.

En el trayecto se distrajo pensando que era buena idea ponerle a su hija el nombre de su madre. De hecho, no recordaba bien si la idea había provenido de la propia modelo, al enterarse de que el bebé que portaba era una niña.

Eulalio compró unas flores en uno de los puestos de la entrada del panteón y se dirigió con paso vacilante al sitio donde reposaban los restos de su progenitora.

A unos metros de la tumba, lo pensó dos veces y una sarta de incoherencias tomaron por asalto su cerebro.

¿Ya estaría podrida? ¿Hinchada? ¿Qué ocurriría si el billete no estaba allí y en cambio encontraba otras cosas? Una rata, tal vez. Decían que las ratas de cementerio llegaban en ocasiones a pesar varios kilos. Después de todo, estaban muy bien alimentadas...

Hizo a un lado todos sus pensamientos y se acercó a la tumba. Le costó un poco de trabajo reconocer el lugar. La hierba había crecido y, debido a las lluvias, el montículo era ahora considerablemente más plano que después del entierro. La corona de crisantemos que le habían mandado del sindicato se había podrido y apestaba.

Eulalio se puso en cuclillas para depositar las flores que llevaba y, de repente, retrocedió, asustado. Al agacharse a depositar el ramo en la tumba, había descubierto un agujero, grande, como de rata, justo en el centro del montículo, camuflado por la hierba.

Después de unos segundos se le volvieron a revolver los pensamientos en el cerebro y también se le revolvió el estómago. Alcanzó a vomitar sobre la calzada.

Tras sentarse unos minutos sobre una lápida, se empezó a sentir un poco mejor y finalmente se marchó a casa y dedicó sus escasas energías a embriagarse.

Esta vez, ni la modelo pudo levantarlo. Eulalio cayó en una pesada fiebre de varios días, durante la cual alucinaba con su infancia, su madre, los millones de la lotería, la isla.

Al octavo día, muy delgado, comenzó a recuperarse, ayudado por grandes cantidades de tequila y té de boldo que doña Hortensia le preparaba.

Se encontraba todo el tiempo ebrio, pero relativamente bien.

En cuanto se sintió más fuerte, tomó una decisión: se olvidaría de una buena vez de toda aquella locura.

Con gran esfuerzo, pero haciendo alarde de gran decisión, arrancó la fotografía de la modelo y la de la isla y las arrojó a la basura.

Volvió al trabajo.

Habían ya pasado siete semanas desde el entierro.

Una semana más y el boleto caducaría.

Entonces, la tentación cedería por fuerza...

Pero un día se le atravesó la modelo en plena calle.

Eulalio esperaba en una esquina para cruzar y un autobús con un anuncio panorámico se detuvo justo delante de él, mostrando a la modelo, mirándolo de frente.

Y en ese instante, volvió a embrujarlo.

El vehículo avanzó un poco y al nivel de la mirada de Eulalio quedó el reloj de la modelo y de nuevo brillaron los mismos números del premio de la lotería. Al momento siguiente el autobús arrancó y Eulalio se quedó ahí parado un buen rato, más que pasmado. Por fin, cruzó la calle, tomó aire y trató de distraerse mirando un puesto de periódicos, pero lo primero que vio fue la revista con la isla en la portada. La tomó en sus manos y observó un buen rato la isla, las palmeras. Al darle la vuelta a la revista, descubrió de nuevo el anuncio de la modelo y el reloj.

La mirada de la modelo se le clavó en el alma y Eulalio soltó la revista.

Le urgía un trago.

Llegó a su casa e intentó emborracharse, pero no lo consiguió. Mientras más bebía, más claro le quedaba que faltaban unos cuantos días para que caducara el billete del premio.

¿No era eso —precisamente— lo que la modelo había querido decirle aquella tarde?

No podía ser tan cobarde.

¿Iba a pasarse la vida tras un escritorio en la Secretaría? ¿Toda la vida en aquel descarado criadero de hemorroides? ¿Para que al final le entregaran a alguien —¿a quién?— una plaquita de latón con su nombre?

¿Qué sucedería una vez caducado el billete? ¿Qué pasaría cuando apareciera la modelo en la tele, o en las revistas? ¿No le importaría? ¿Estaba dispuesto a quedarse en un mundo sin madre, sin isla, sin mujer, sin su hija?

¿Sin nada?

Salió a comprar más tequila y el destino lo llevó de la mano a una tienda de autoservicio grande. Mientras buscaba la bebida, su subconsciente lo guió hasta la zona de ferretería.

Y a lo que en verdad estaba buscando.

Una pala.

Al principio se sintió como un criminal, como si estuviera contemplando algo muy sucio; incluso miró a ambos lados del pasillo para comprobar si no lo observaban.

Salió del autoservicio cargado con varias botellas de tequila, una pala, una linterna, un cincel y una lata de gas de chile, por si se encontraba con la cosa esa que había fabricado el agujero en la tumba de su madre.

Aunque no se había decidido a hacer nada todavía, más valía tener listo el equipo, para el caso de que cambiara de opinión.

Lo cual sucedió cuarenta y siete minutos después de volver a su apartamento.

Ayudado por el tequila y el ferviente recuerdo de la modelo —y la bebé que traía dentro—, terminó por convencerse de que su madre estaría de acuerdo en que le abriera la caja y sacara el billete. No tenía nada de malo.

Salvo que ya estaría medio podrida, seguramente.

Había sido una temporada larga de lluvias. En caso de que el ataúd no estuviera bien construido, su pobre madre a esas alturas no tendría más consistencia que un atole.

Y en cuanto al billete, ¿qué tal si la mica no había resistido?

¿Y qué tal si no estaba dentro de la mica?

¿Y si no había billete?

Dio un largo trago al tequila, respiró profundo, fue a buscar una maletita deportiva, guardó sus enseres —el tequila, antes que otra cosa— y salió rumbo al cementerio.

A las doce y media de la noche, brincaba la barda sur del camposanto.

Lo primero que sintió fue una gran paranoia. ¿Soltarían perros en la noche? ¿Habría algún vigilante armado?

Se quedó muy quieto hasta que se dio cuenta de que llevaba en esa posición varios minutos, casi sin respirar. No se escuchaban ladridos.

Ni nada.

Había saltado por ese lugar porque pudo trepar a un árbol y por allí escaló sin problemas. Sin embargo, se encontraba casi del otro lado del sitio donde reposaba la difunta.

Cuando sus ojos se acostumbraron a la oscuridad, tomó la calzada principal y comenzó a caminar lentamente, con su maleta en una mano.

¿Y si lo veían?

¿Quién?

¿Algún guardia?

Pensarían que era un ladrón de tumbas.

Eso era.

¿O no?

No.

No iba a robar nada. Iba a por lo que le pertenecía.

Tal vez podía haber conseguido una orden de exhumación.

La cual, conociendo a la burocracia, tardaría meses.

No.

Tenía que ser de aquella manera.

No había otra.

Llegó a la avenida donde debía doblar y durante unos segundos se desorientó por completo. Una ráfaga helada de viento le golpeó la cara y un gran relámpago iluminó la escena.

Un segundo después, el trueno más espantoso que Eulalio había escuchado nunca le reventó encima, estremeciéndolo todo.

Encandilado, comenzó a sentir las enormes gotas de lluvia que lo iban empapando en fracción de segundos, acompañadas de más truenos y relámpagos.

Instintivamente, buscó refugio. Se cobijó en el portal de una cripta, abrigándose.

El viento empezó a aullar y la tormenta creció de tono increíblemente.

Después de varios minutos, Eulalio hubo de decidirse. Aquello no iba a parar y no podía pasarse allí toda la noche.

Tal vez podía intentarlo a la noche siguiente.

O bien podía seguir adelante.

Era mucho más tentadora en principio la idea de dejarlo todo por la paz, pero ya estaba allí.

Si salía del cementerio, no volvería. Eso lo tenía por seguro.

Y sabía que si regresaba a casa sin el billete, la modelo ya no estaría esperándolo. Ni la bebé.

Así que mejor se encaminó hacia la tumba de doña Eulalia.

Gracias a los frecuentes relámpagos, no le costó mucho trabajo encontrar el lugar que buscaba.

Sin permitirse pensar en nada, abrió la maleta. Dio un enorme trago al tequila, encendió la linterna, la colocó en el encharcado suelo, puso a mano el gas de chile, cogió la pala y empezó a cavar.

Al principio sintió la tierra demasiado blanda, pero no le prestó mucha importancia. Mejor así; no le costaría tanto trabajo realizar su tarea.

Media hora después, se dio cuenta de que sólo estaba paleando lodo, proveniente de las tumbas de más arriba. La sección de doña Eulalia estaba en la ladera de una breve colina y toda la lluvia descendía por allí. En ese momento era un mar de lodo.

Eulalio se puso a llorar de desesperación. Así no terminaría nunca. Debería regresar al día siguiente, mejor equipado.

—No regresarás; te conozco —escuchó decir claramente a la voz de la modelo.

Eulalio se limpió las lágrimas, la lluvia, los mocos.

—Sé hombre. Por una vez en tu vida —lo conminó *su mujer,* desde una pantalla dentro de su cabeza, muy lejos de los relámpagos y el cementerio. Muy lejos de todo.

Tomó la linterna y se internó entre las tumbas. Después de un rato de vagar sin rumbo se encontró una cripta en construcción y allí se aprovisionó de unas tablas.

En medio de la tormenta, le llevó más de diez minutos localizar de nuevo la tumba de su madre. Los relámpagos habían cesado y la lluvia no era torrencial, pero sí muy fuerte.

Colocó las tablas formando una especie de triángulo, a un par de metros arriba de la tumba de doña Eulalia. Ahora la corriente de lodo que bajaba era poco caudalosa, pero las tablas la desviaban bastante bien. Eulalio procedió a cavar de nueva cuenta.

Unos minutos después, habiendo reconocido el terreno, apagó la linterna. No deseaba quedarse sin baterías cuando la necesitara. Bebió más tequila y continuó su labor.

En medio de todo, no se dio cuenta de que la fiebre había vuelto.

Pronto desarrolló un nuevo instinto para sortear la oscuridad: si durante su tarea se topaba con tierra más firme, sabía de inmediato que estaba saliéndose del perímetro deseado.

Una hora pudo trabajar y avanzó mucho, sobre todo gracias a la fiebre, al tequila, al ácido láctico en sus músculos y la adrenalina en su sangre. Después de ese tiempo, a cada palada sabía que se iba acercando a su madre... ¡A lo que quedara de su madre!

—No pienses en eso —cortó rápidamente la modelo—. Piensa en la isla. Imagíname embarazada, con la pequeña Eulalia creciéndome dentro del vientre.

Y el buen Eulalio le hizo caso. Tanto que hasta una erección sintió dentro de aquel macabro agujero.

Pero de pronto, la pala pegó con algo sólido y un gruñido espantoso brotó de la tumba.

Eulalio se quedó paralizado, pero sólo unos instantes. Buscó frenéticamente la linterna en el borde de la excavación.

No podía encontrarla.

¿Qué había golpeado?

¿Dónde estaba la puta linterna?

Siguió tanteando con desesperación el borde del foso cuando sintió claramente que algo se movía a sus pies.

El propio terror lo hizo encontrar de inmediato la linterna y en un paroxismo de miedo iluminó el fondo del agujero que había cavado.

Al principio no entendía lo que estaba sucediendo.

Vio que lo que había golpeado era una rata; la había partido en dos, pero, la parte de atrás del mutilado animal se movía ridículamente en reversa, con las tripas colgando, mientras la parte de la cabeza permanecía inerte en el piso de la tumba.

Cuando iluminó mejor, descubrió que era otra rata que la arrastraba por la cola hacia uno de los varios túneles que Eulalio había puesto al descubierto —sin darse cuenta— a lo largo de su excavación.

Unas horas atrás, la situación lo habría hecho salir de allí inmediatamente, pero no ahora. Es difícil asustarse con cuarenta de temperatura y más de medio litro de tequila en la sangre. Sobre todo cuando uno se encuentra a la mitad del camino del reencuentro con el ser amado.

Trabajó un poco más cuando se dio cuenta de que se escuchaba el agua filtrándose a través de la tierra. Debían de ser innumerables los túneles de ratas en el cementerio.

¿Habrían perforado ya los roedores la caja de su madre?

¿De qué estaba hecho el ataúd?

Parecía de cobre, pero no era factible. Todo el entierro había sido clase B, el más barato.

Tal vez la caja era de madera, laqueada con pintura color cobre.

O de cartón...

En cuyo caso...

¡Planc!

La pala chocó con las losas de cemento.

Había llegado.

Como un loco, removió la tierra sobre las losas con las manos, olvidándose de la pala. Por fin, apoyándose en las otras, removió la primera de las cinco losas y a continuación iluminó el interior con la linterna. Allí estaba el ataúd, color cobre. Parecía intacto. Sólo estaba cubierto de vapor, seguramente del agua de lluvia que se había filtrado.

Eulalio se persignó, le pidió perdón a su madrecita por lo que estaba a punto de hacer y luego colocó la linterna sobre el ataúd y levantó la segunda losa, como un autómata.

La tercera.

La cuarta y, al ir a levantar la última, un horroroso pensamiento le asaltó el cerebro.

¿Y si la habían enterrado viva?

Imposible, por eso los embalsamaban.

Sí, pero aquí no había dinero para una caja con cristal, ni cemento barato para sellar las losas. Dadas las circunstancias, era *muy* probable que tampoco la hubieran embalsamado.

¿Y si estaba viva todavía...?

¿Cómo un vampiro o algo así?

La modelo tuvo que intervenir de nuevo.

—No pierdas más el tiempo; pronto va a amencer. ¡Apúrate!

Eulalio obedeció. Colocó la linterna en el borde donde habían descansado las losas y, en un ataque de arrojo febril, trató de abrir la tapa del ataúd.

Pero no pudo.

¿Estaría atornillado?

Buscó la pala y trató inútilmente de hacer palanca. No podía. No había espacio suficiente.

Con muchos esfuerzos, resbalándose varias veces, salió de la tumba y buscó en la maletita; primero, un largo trago de tequila; después, el cincel.

Lo encontró y bajó de nuevo al ataúd, con resbalosa facilidad.

¡Planc!

—Perdón, mamita.

Metió el cincel y descubrió que el ataúd tenía una delgada lámina de aluminio —pintado color cobre— por encima y debajo estaba hecho de aglomerado de madera. Al ceder el aluminio, el cincel destrozó el humedecido aglomerado como si fuera serrín.

Cuando Eulalio estaba a punto de levantar la tapa, la linterna comenzó a parpadear y finalmente se apagó.

Eulalio se quedó unos segundos engarrotado, como si esperara a que la luz volviera en cualquier momento, pero nada sucedió. Soltó la tapa del ataúd y buscó en la oscuridad la linterna en el lugar donde había dejado su último resplandor.

Sacudió el artefacto pero no lo pudo volver a la vida.

No importaba.

Mejor aún.

De esta manera, no tendría que ver a su madre.

Se inclinó y en la oscuridad abrió el ataúd.

Muy al contrario de lo que esperaba, no olía mal en absoluto.

Olía como huelen los cajones con unas bolitas de naftalina dentro.

La oscuridad de la tumba era absoluta y el silencio total.

No se escuchaba ya el agua filtrada.

Ni nada.

De pronto, Eulalio sintió que algo se movía al borde del agujero, sobre su cabeza, fuera de la tumba y se volvió a mirar hacia arriba velozmente.

En ese instante, un relámpago lo cegó y, casi al mismo tiempo, un trueno lo dejó momentáneamente sordo.

Se quedó atontado durante varios segundos y, por fin, perdió el equilibrio y se desplomó sobre su madre, dentro del ataúd.

No podía ver nada más que un agudo destello de luz y sus oídos palpitaban a punto de estallar. Con cada infernal latido, aumentaba el destello en sus ojos y sentía a la perfección cada parte de su cerebro.

Sin embargo, el regazo de su amada madre y su aroma le hicieron sentir confianza. Al pensarlo bien, decidió que no podía estar en mejor lugar.

—Sí, pero no te agüeves, ya va a amanecer —ordenó groseramente la modelo.

Eulalio se acomodó con dificultad y comenzó a esculcar el saco del cadáver.

—¡Perdóname, mamita!

—Date prisa, ¡carajo! —ladró la modelo.

Evitando prestar atención al acartonado cuerpo, Eulalio buscó en los bolsillos exteriores, sin encontrar nada.

Tal vez no estaba allí.

Tal vez nunca había estado allí el pinche billete.

—¡Apúrate!

Sólo le quedaba por revisar el único bolsillo interior, ubicado a la altura de aquel corazón que tanto lo había amado.

Palpó con cuidado y cuando localizó la apertura comenzó a meter los dedos, lleno de incertidumbre, poco a poco, cuando, de repente, sintió como si le hubieran quemado los dedos y retiró la mano como un latigazo.

Un feo gruñido le indicó que se trataba de una rata. Lo había mordido.

Buscó en su bolsillo el gas de chile y, haciéndose para atrás, lanzó una descarga en dirección a los gruñidos.

El animal se puso literalmente a gritar y a dar vueltas, enloquecido, por todo el agujero hasta que subió velozmente por el cuerpo del propio Eulalio y brincó fuera de la tumba.

A pesar de todo el ajetreo, Eulalio se sentía bastante calmado; de hecho, presenciaba la escena como si se tratara de algo ajeno a él, como si fuera un asunto que no le incumbiera.

La fiebre y el alcohol lo seguían manteniendo en pie. Cada sobresalto sólo contribuía a bombear un chorro más de adrenalina a su acelerado torrente sanguíneo.

Una vez más, se agachó y se puso a buscar en el bolsillo interior del traje sastre negro para las ocasiones especiales.

Los restos del gas de chile le hacían llorar los ojos y moqueaba abundantemente, pero ni cuenta se daba.

En su cerebro, la figura de su madre y la de la modelo se confundían alternativamente: tan pronto aparecía la modelo hablando con la voz de su progenitora, como esta última luciendo un reloj como el del anuncio que tanto lo había obsesionado.

Ya nada importaba.

Al hurgar dentro del bolsillo del saco, evitó instintivamente cualquier contacto directo con el cadáver.

De pronto, su rostro se iluminó en la oscuridad de la tumba. Sus dedos palparon claramente el sobrecito de mica y comenzaron a acariciarlo con gran deleite.

En ese momento, se olvidó de su madre.

Extrajo el sobre de mica y trató de verlo contra la noche, pero estaba demasiado oscura. De cualquier modo, allí estaba, en su poder.

Arrastrándose, salió del foso y buscó el tequila a tientas, propinándole un largo trago a la botella. Guardó cuidadosamente la mica dentro de la maleta y tomó aire cuando, repentinamente, otro relámpago le iluminó el rostro. Por fuera, podría tratarse del mismo Eulalio, pero no sería fácil identificar al demente que llevaba dentro, asomándose por aquellos ojos desorbitados.

Volvió a la tumba y puso las losas de cemento en su sitio, cuando empezaron de nuevo a caer enormes gotas de agua, que Eulalio ya ni siquiera sentía.

Llenó de nuevo el foso, quitó las tablas y las llevó lejos.

El nuevo riachuelo de lodo cubrió rápidamente toda evidencia física.

Eulalio contempló desde la oscuridad su obra. Curiosamente, no le llamó la atención que, pese a estar todo completamente a oscuras, él pudiera verlo todo con absoluta claridad.

Terminó lo que le quedaba del tequila y, con casi cuarenta y un grados de temperatura, se dirigió con paso seguro a la barda sur del cementerio, portando su maletita deportiva en la mano.

Iba caminando como un autómata, sólo su cuerpo seguía allí, recibiendo la lluvia a cántaros, helada. Mientras tanto, su espíritu se encontraba en otra parte, muy al sur, en una isla desierta, calientito, observando cómo su madre platicaba con la modelo —embarazada, por supuesto—, como dos viejas amigas.

La primera luz del sol apareció cuando Eulalio descendió por el árbol de la barda sur del cementerio hasta la calle.

En el transcurso de la noche, el cabello se le había encanecido por completo.

CINCO

✝

C UANDO DON MATEO SUSPENDIÓ EL RELATO, me di cuenta de que ya había anochecido, pero lo que más me sorprendió fue el hecho de que me encontraba allí y no mirando a Eulalio descender del árbol.

Por primera vez en mi vida me había metido de lleno en un relato, literalmente. Podía oler el lodo, escuchar los truenos y la lluvia. Sin haberlo conocido, era capaz de ver a Eulalio, ya todo canoso, con mirada de demente.

La noche era plácida, cantaban los grillos y noté a la luz espléndida de la luna que habíamos bebido dos botellas completas del licor de tejocote.

—¿Cómo se siente, patrón?

—Estupendamente. Jamás me había sentido mejor.

—¿Tiene hambre, patrón?

—Pues, la verdad, no.

—Mejor. Le aconsejo que se duerma sin comer ni beber nada. Deje que el tejocote trabaje su persona durante el sueño, patrón. Ya verá cómo descansa.

De repente empecé a sentir un rico sueño. Estaba deliciosamente cansado. Me levanté de la tumba del pobre Eulalio.

—Lo encamino, patrón.

—Gracias, don Mateo.

Seguí al anciano, quien se desplazaba por un atajo entre las tumbas y criptas con la agilidad propia de un adolescente.

Al llegar frente a mi cripta, note que alguien ya había dejado una vela encendida dentro.

—Hasta mañana, patrón, que descanse.

—Hasta mañana, don Mateo, pero, dígame, ¿qué sucedió después?

—Vamos a pasar, patrón, no nos vaya a agarrar un mal aire.

Entramos a la cripta y mi anfitrión terminó la historia.

Eulalio llegó a su casa hecho una miseria. La portera lo notó de inmediato. No era propio de don Eulalio llegar a esas horas, especialmente todo canoso, lleno de lodo y empapado. Y la mirada perdida y... ¿Qué llevaba en la maletita?

Eulalio pasó frente a doña Hortensia sin darse cuenta siquiera de que estaba allí. Abrió la puerta de su apartamento y alcanzó a llegar hasta su cama, donde se desplomó.

La portera lo siguió, se acercó a él y descubrió que estaba hirviendo en fiebre. Con trabajo le quitó las ropas húmedas y enlodadas y lo cobijó apropiadamente. Luego, con una toalla húmeda en agua caliente, le frotó todo el cuerpo.

Sin embargo, el cuerpo de Eulalio no reaccionaba; la piel azulada, en carne de gallina, no cedía a los frotes de doña Hortensia.

La portera fue a buscar alcohol y le aplicó una friega, volviendo a taparlo rápidamente; a continuación fue a calentar agua para un tecito y, mientras estaba listo, aprovechó para esculcar la maleta de don Eulalio.

Después, viendo que no había respuesta de Eulalio, doña Hortensia fue corriendo a llamar a un doctor.

Desde luego, tomó la precaución de llevarse con ella la mica con el billete la lotería... Pues es que luego esas cosas se perdían...

Cuando el médico llegó, el cuerpo de Eulalio terminaba de consumir el último oxígeno de su existencia. Pero no había sufrido. En absoluto. No se puede sufrir cuando uno se pasea sobre una fina y blanca arena, en la playa más bella del mundo. Su cerebro se fue llenando del aroma a mar, donde la modelo se veía muy embarazada y, a lo lejos, podía ver a su madre saludarlos, en medio de una brillantísima aura, llamándolos a su lado.

Eulalio sujetó la mano de la modelo y se dirigieron juntos hacia doña Eulalia...

Don Mateo guardó silencio y ya se daba la vuelta para despedirse, cuando pregunté curioso:

—¿Y el billete?

—Pues resulta que el billete ni era el premiado, patrón. La señora se había estado sintiendo mal toda la mañana, y peor cuando salió a comprar el billete de la lotería, así que olvidó por completo el número nuevo y simplemente compró el de costumbre. Doña Hortensia vendió todo y, como los Eulalios no tenían parientes, compró estos lotes y las tumbas de mármol e hizo cambiar a los Eulalios de la zona B para acá.

Don Mateo se despidió.

—Que duerma sabroso, patrón.

—Hasta mañana, don Mateo.

Noté que me sentía muy a gusto dentro de mi cripta. En casa.

Me introduje a mi nicho y, cubriéndome con las dos cobijas, soplé a la vela y, antes de que terminara de soltar humo, yo ya estaba profundamente dormido.

A pesar de lo vívido de la historia, aquella noche dormí de lujo. El espíritu del tejocote se me metió por las venas y amanecí todo lo contrario que crudo: pulso firme, ideas claras, movimientos precisos, boca húmeda y garganta fresca.

En verdad que no podía creerlo. Además, todo lo sentía a flor de piel, como nunca antes.

Por si fuera poco, al salir de mi nicho capturó mi atención la luz que se filtraba deliciosamente a través del domo de cristal, perfectamente recortada en un octágono. Nunca había visto la luz con tal claridad.

Sin pensarlo, me desnudé y me coloqué bajo aquel chorro de energía, donde permanecí un buen rato, hasta que unos toquidos en la puerta me volvieron a la realidad.

Me vestí rápidamente y atendí. Era don Lázaro.

—Buenos días, patrón. Usté' disculpe, pero me pidió don Mateo que pasara a verlo.

—Dígame.

—No, pues sólo pa' decirle que don Mateo no va a regresar hasta la tarde y si quiere usté' venir a almorzar conmigo, lo convido a su humilde casa.

—Pero claro que sí, encantado. Sólo déjeme recoger mi sombrero.

La casa de don Lázaro se encontraba en otra de las esquinas del cementerio y era similar a la de don Mateo. Esta casa era todavía más austera y se notaba que vivía solo. Tenía una gran cantidad y variedad de cactus y se me ocurrió pensar si no tendría también peyote. La mesa ya estaba puesta.

—Le preparé unos güevitos rancheros, patrón.

—Muchas gracias, don Lázaro.

Comenzamos a comerlos con unas tortillas deliciosas, color violeta, que brillaban en puntitos, como chispas.

En medio de la comida, mi anfitrión sacó una botella alargada —de aquellas que ya me resultaban familiares— y me la ofreció.

Observé el líquido, transparente. Descorché la botella y bebí. En ese instante sentí cada una de aquellas gotas fundirse con mi lengua, meterse entre mis dientes, acariciar las encías y el paladar e ir bajando poco a poco por la garganta, deslizándose por mi sensible esófago, hasta caer como una cascada en cámara lenta al estómago.

—¿Qué es?

—Agua, señor.

—¿Sólo agua?

—Sí, patrón; de mi pueblo, de la sierra, de un arroyo subterráneo.

—¡Es una maravilla!

—Sólo es agua, patrón. La maravilla es usté', que puede sentirla.

Guardé silencio unos segundos, pensando en aquello.

—¿Qué tal están los güevos?

—Buenísimos.

Disfrutamos de la comida y al final don Lázaro lavó los platos y no me permitió ayudarlo con la tarea. Me obsequió en cambio un Delicados y, mientras fregaba los platos, dijo:

—¿Quiere que demos un paseo?

—Por supuesto.

Se secó las manos en un trapo y como si saliéramos a una excursión previamente organizada, lo seguí.

No habíamos caminado unos metros cuando me di cuenta de algo: a través de las gruesas suelas de mis huaraches, podía sentir la gravilla del piso de la calzada, perfectamente, como si fuera descalzo, pero no sólo eso, sino que cada tronidito de la arena al desquebrajarse lo sentía con absoluta lucidez en las articulaciones de mis pies y rodillas.

—Se siente rico, ¿verdá', patrón?

La voz de don Lázaro me sorprendió.

—Sí, delicioso, pero... ¿cómo supo que...?

El anciano se limitó a sonreír dulcemente.

Nos acercamos a una cripta muy elegante, no muy grande. Estaba confeccionada en un mármol veteado en tonos verdes, principalmente jade y esmeralda.

El anciano señaló el monumento y dijo:

—Toque ese mármol, patrón.

Palpé la bella piedra y de pronto sentí la necesidad de acariciarla. Con los ojos cerrados, fui sintiendo cómo las puntas de mis dedos y, más aún, las mismas huellas digitales, acariciaban aquella pulida y bella piedra, al grado de poder sentir sus poros, su origen arenoso. Juro que podía sentir mis dedos deslizarse entre cada veta. Sentía la compresión de siglos y siglos para formar el mármol, capa por capa. Me sentía extasiado. Al seguir acariciando llegué a sentir que mis dedos se sumergían en ella y, en una infinitésima de segundo, pude sentir nada menos que la cantera de dónde la habían extraído, pude ver a los trabajadores, sudorosos, picando la piedra, pude oler el polvo del lugar y escuchar el bullicio propio del trabajo que realizaban.

Don Lázaro retiró mi mano del mármol delicadamente.

Como si volviera de un sueño, me ubiqué de nuevo en la calzada, junto a la cripta de mármol verde.

—No puede imaginar lo que acabo de ver, don Lázaro.

Don Lázaro sonrió, comprensivo.

—¡De verdad! Pude ver la cantera, los...

El anciano asintió y en su mirada leí que sabía lo sucedido.

—¿No será el agua de su pueblo?

—Ningún agua hace sentir las cosas, patrón.

—Me están sucediendo cosas muy raras, don Lázaro. Ayer mismo, don Mateo me relató una historia y allí estaba yo, exactamente, viéndolo todo. También ayer sentí el aire dentro de mi cuerpo, cosa que jamás me había pasado. ¿Qué me está ocurriendo?

Don Lázaro dijo, con voz tranquila:

—Vamos a sentarnos a la tumba de los Zábato, allí cantan unos pájaros bien bonito.

Lo seguí a través de un intrincado atajo y aparecimos en un claro similar al de los Eulalios, pero aquí estaba rodeado de aralias. Nunca las había visto de tal tamaño. Parecían una plaga y se habían entrecruzado, cerrando todo el claro, como si estuvieran protegiendo los mármoles que cubrían los restos de los Zábato.

Don Lázaro tomó asiento y yo hice lo propio.

Me imaginé que me contaría la historia de los Zábato, como el día anterior había hecho don Mateo con los Eulalios.

—Pues no, patrón, en verdad no quiero contarle ninguna historia... Todavía. Más bien yo creo que usté' quería preguntarme algo.

No recordaba haber hablado y de pronto pensé que el anciano me podía leer la mente.

—Cualquiera puede, patrón.

Esta vez me quedé perplejo.

Si bien creía en la telepatía, la imaginaba como una especie de sensación, una percepción, y no una traducción literal de los pensamientos, como parecía hacer don Lázaro.

—Me preguntaba usté' qué le estaba sucediendo.

Todavía no salía del asombro que me había causado su aparente don y tardé un poco en responderle.

—Le decía que me siento muy raro, pero, según parece, aquí las rarezas son una costumbre.

El anciano sonrió. Parecía estar tratando con un niño.

—¿Qué siente de raro?

—Pues eso, don Lázaro, que siento las cosas como nunca antes.

—¿Y le molesta?

—En absoluto, pero es muy raro. ¿A qué se deberá, don Lázaro?

—Pues no sé, patrón. Más bien usté' debería saberlo.

—Mire, aquí entre nos', he fumado marihuana muchas veces, he aspirado de la mejor cocaína y nunca he sentido algo parecido a esto. Puede creerme.

—Le creo, patrón. Las drogas lo único que hacen es aumentar la percepción. Si uno de estos gorriones que están cantando se drogara, tal vez volaría mejor o más rápido, quién sabe; lo que sí es seguro es que la droga no lo iba a convertir en águila; seguiría siendo gorrión. Muy alterado, sí, pero gorrión al fin. La marihuana y la cocaína no hacen milagros, señor, sólo acentúan nuestras propias formas de percibir y sacan ciertas cosas de nosotros y las ponen a trabajar, eso es todo. Los estimulantes no inventan nada. No crean nada.

—Pues ojalá que me dure esta sensación.

—Durará lo que usté' quiera que le dure, patrón.

Lo dijo convencido, como le habla el maestro al alumno, el padre a su hijo.

—Así sea.

—Orita vengo, patrón, voy a ver si ya terminaron los arreglos en el cuartel catorce.

Me quedé en el hermoso claro de los Zábato. La atmósfera era muy apacible; los pájaros cantaban de manera que parecía una fiesta. Casi pude entender sus coqueteos.

De pronto me imaginé dentro de uno de esos nidos: acogedor, caliente, sobre todo en la fría noche. Pensé en dos pájaros de aquéllos, muy juntos, plumas con plumas, y sentí una gran nostalgia.

En mi vida había tenido muchas mujeres. Siempre las evaluaba por el tamaño de sus tetas y sus nalgas, nunca por el de sus cerebros, menos aún por la talla de sus corazones. De esta manera, tuve varias parejas, pero mi nido nunca fue acogedor. Grande, sí; opulento, también; bien decorado y ostentoso..., pero las pájaras que allí habitaron sólo contribuyeron a llenarme de soledad con su simple presencia. Ahora veía claramente que aparte de haber vivido muy solo, hube además de soportar pésimas compañías.

Nunca formé una familia, tal vez porque en realidad no pertenecí a ninguna. Mis padres se habían divorciado y mi madre se fue a vivir a Guadalajara con su amante. Una mañana se mataron en la carretera a Vallarta. Mi padre estaba muy ocupado atendiendo sus negocios y sus mujeres y yo había crecido a lo pendejo.

Mi padre murió cuando yo tenía veinticinco años, dejándome muy bien provisto. Su hermano se había encargado de administrarlo todo y siempre me había sobrado el dinero, pero tres años atrás mi tío había muerto y tuve entonces que hacerme cargo de mis finanzas personalmente. Después de hacer varios movimientos erráticos, caí finalmente en manos del licenciado Zanabria.

Desde muy joven había vivido solo y nunca me detuve a pensar en el concepto familiar, aunque siempre supe que me faltaba algo. Aquellos pájaros con su hipotético nido me habían aclarado las cosas a la perfección.

De pronto, del otro lado de las aralias escuché unos sollozos terriblemente desconsolados. Protegido en mi claro, me asomé muy discretamente entre las ramas.

Frente a una tumba que parecía reciente, un hombre de unos veinticinco años lloraba a moco tendido con un ramo de flores en las manos.

Me causó una gran compasión. Parecía un niño.

¿Sería la tumba de su madre?

En eso, me tocaron suavemente el hombro y me volví. Era don Lázaro, quien se puso un dedo sobre los labios, indicándome que guardara silencio, y luego me hizo otra seña para que lo siguiera fuera del claro de los Zábato.

Caminamos entre las tumbas hasta salir a una calzada. Entonces, en medio de aquel mediodía magnífico, sentí que la tristeza me envolvía todo el corazón y pensé que estaba a punto de llorar.

Don Lázaro intervino.

—No se preocupe, no le pasa nada. La tristeza es una sensación muy difícil, patrón, déle su tiempo. Es como un platillo con mucho chile. Es muy difícil de digerir.

Y de pronto no aguanté más y me puse a llorar como no recuerdo haberlo hecho antes.

El anciano me tomó del brazo delicadamente y seguimos caminando.

Sollozaba sin parar.

—Llore, patrón. Las lágrimas son lo mejor para pulir el alma.

No sé cuanto tiempo estuve llorando, pero de pronto el llanto cesó de golpe, de la misma forma que había comenzado. Suspiré profundamente varias veces y en cuanto junté fuerzas para poder hablar, le pregunté:

—¿Quién era ese joven, don Lázaro?

—Tito. Perdió a su novia de apenas veinte años en un accidente de coche. Se iban a casar dos días después. Ya van dos meses y sigue viniendo todos los días a traerle flores y a llorarle. Si sigue así, se va a acabar muriendo él mismo, de pura tristeza, como el que se muere de una indigestión.

Guardamos silencio y después de un rato dije:

—Hay veces que no entiendo a Dios, don Lázaro. ¿Usted sí?

—¡Uy!, patrón. Tengo noventa y tres años y todavía no entiendo ni a una hormiga. ¿Cómo cree que voy a entender al Señor?

—¿Y cómo se puede vivir entonces? Si nuestro presunto Padre no sólo no nos conserva a salvo, sino que además nos confunde.

Don Lázaro sonrió dulcemente y guardó silencio.

—¿No dice nada?

—¿Qué quiere que le diga?

—Lo que sea, pero no me deje así.

—Pues sólo si usté' insiste, patrón, porque, la verdá', lo que yo diga no tiene importancia. Fíjese usté', tantas palabras que se dicen todos los días y ¿dónde están? Casi siempre se escapan. Solamente a veces unas pocas se nos quedan pegadas.

—Disculpe, pero me está confundiendo más todavía. ¿No me iba a decir algo sobre Dios?

—Bueno, pues, si insiste. Yo creo que nos pasamos toda la vida tratando de entender algo absolutamente fuera de nuestro alcance, como lo es la idea de un Dios.

—¿Entonces?

—Pues pa' mí que a Dios, más que tratar de entenderlo, hay que tratar de disfrutarlo.

—¿Y cómo sugiere usted que se disfrute una pena como la de ese pobre muchacho?

—¿Cómo cree usté' que se pule el mármol, por ejemplo, patrón? ¿Cómo cree usté' que alcanza la fineza y el brillo? Hay que aplicarle una arena muy abrasiva y pulir y pulir y pulir, hasta que queda bien lisito. Muchas veces acaba uno con sus manos. Pregúntele a don Jeremías, el marmolero de aquí. Pero cuando se termina el trabajo, cada vez que mira uno ese mármol, más se da cuenta de que valió la pena el sacrificio. Me parece que eso puede estarle sucediendo a Tito.

—Pero, ¿no le parece a usted que es demasiado dolor?

—La capacidad del ser humano para sufrir nunca es demasiada, patrón; como tampoco lo es la capacidad de amar. Estas cosas no se miden en medidas de este mundo, patrón; puede usté' estar seguro. Esos asuntos del alma, tan delicados, se tratan en otra parte.

No le estaba entendiendo mucho, pero hablaba pausada y tranquilamente, con un ritmo que parecía arrullarme. Sus palabras se deslizaban por mi cerebro como una bella sinfonía.

Luego concluyó:

—Además, podía haber sido mucho peor.

—¿Peor? ¿Cómo?

—Hay cosas infinitamente peores que la muerte, patrón. Este dolor no es nada comparado con lo que le esperaba.

Su serenidad me inquietó. Decía las cosas tan convencido que parecía estarlas viendo en ese momento. ¿No estaría drogado?

—No estoy empeyotado, patrón. Y sí, tengo peyote en la casa de usté', pero acá no se usa pa' drogarse, sólo pa' algunas ceremonias y lo tiene que administrar un chamán.

Me quedé muy sorprendido. ¿Me estaba leyendo el pensamiento el viejo?

—Cuando uno piensa es como cuando uno habla, Señor. Puede hablar en voz baja o puede hablar a gritos. Sus pensamientos gritan y así no es difícil escuchar lo que usté' está pensando.

—Disculpe por lo del peyote, yo...

Volvió a sonreír dulcemente.

—No se preocupe y, bueno, yo creo que por una mañana ya es suficiente, patrón.

Caminamos un poco más, en completo silencio. Incluso intenté pensar en voz baja y llegamos frente a mi cripta.

—Ésta es la cripta con más luz de todas. Hizo bien en escogerla. Le sugiero que vea la luz a eso de las cuatro, en esta época es la luz más anaranjada. Se ve bien bonita, patrón.

Diciendo esto, sacó una botella de entre sus ropas y me la entregó. Estaba llena de agua. Era el agua de su pueblo.

—Acépteme este obsequio, patrón.

—Encantado.

—Si algo se le ofrece, ya sabe dónde tiene su humilde casa.

—Gracias, don Lázaro. Creo que voy a descansar un poco. Tengo muchas cosas en qué pensar.

—No pierda tiempo, mejor asuma las cosas.

—¿Cómo es eso?

—Pues yo veo al pensamiento, digamos, como seguir la calzada para llegar a una cripta. En cambio, asumir es como tomar un atajo. No hace falta recorrer todo el trayecto.

—Mmmm —expresé, dubitativo.

—Mire, patrón. Si usté' ve un perro, ¿tiene que pensar que es un perro?

—No.

—¿Ya ve? Bueno, patrón, ora sí lo dejo.

—Nos vemos, don Lázaro, y muchas gracias por todo.

Por toda respuesta, me premió con una más de sus dulces sonrisas.

Entré a mi cripta y me sentí muy a gusto.

Me recosté un momento en mi nicho y cerré los ojos. Al abrirlos, penetraba por el domo una luz anaranjada, exquisita, casi podía tocarse con los dedos. Hasta podía decirse que olía un poco dulzona, como a ozono. Era pura energía.

En alguna parte había leído o escuchado que la luz del sol tarda como unos ocho minutos en llegar a la Tierra. Así que asumí que, si por un momento contemplaba el sol, ya no era ese sol que veía, sino otro, yo sólo estaba viendo una imagen de lo que había sido, minutos atrás.

De locura.

Todo parecía de locura. Pero sólo en apariencia. Hasta aquel momento ninguno de los ancianos había dicho o hecho algo siquiera parecido al absurdo. Aunque parecía que había cosas increíbles. ¿Acaso no me leía el pensamiento un viejo que me sugería pensar en un tono más bajo? ¿No me habían tratado como a un huésped distinguido en vez de como un usurpador de tumbas?

La luz brilló sólo un par de minutos más con ese tono y se fue diluyendo a un amarillo brillante.

Me volví a recostar en mi nicho, le di un buen trago al agua subterránea del pueblo de don Lázaro y me quedé dormido.

SEIS

✝

A LA MAÑANA SIGUIENTE, NADA MÁS DESPERTAR, volví a disfrutar de la luz que se filtraba por el domo. Quise figurarme qué hora sería, guiado por la dirección de la luz, pero de pronto —no sé por qué— asumí que serían las diez y catorce.

Consulté mi reloj: 10:14.

Entonces, no eran las diez y catorce en ese momento en el sol, sino las diez y veintidós —más o menos—. Al mismo tiempo.

Nunca lo hubiera imaginado.

En eso tocaron a la puerta. Era don Lucas.

—Buenos días, patrón. ¿Ya almorzó?

—No, don Lucas.

—Pues véngase, lo convido.

Salí de la cripta y seguí al enterrador con su eterna pala al hombro.

Hacía un día bellísimo y el sol calaba a fondo.

Nos sentamos frente a una tumba de mármol verde intenso, muy profundo y oscuro, tanto que a primera vista parecía negro.

Asumí que si lo acariciaba lo suficiente, podría saber de dónde venía y hasta oler y sentir los entornos.

Don Lucas sacó de su morral unos tacos de rajas con queso y comimos. Jamás había probado algo tan exquisito. Un absoluto manjar. Después extrajo una botella alargada de entre sus ropas. Era un líquido amarillento; parecía sidra.

—Pruebe esto, Señor. Es aguamiel de atrás de los volcanes. Me lo acaban de traer.

Con toda confianza, descorché la botella y bebí.

Sentí de pronto que se me llenaba la boca con el líquido más exquisito que hubiera soñado. Me despertaba y hacía sentir todas y cada una de mis papilas gustativas. Con razón lo llamaban aguamiel.

Don Lucas sonrió, satisfecho.

—Es el almuerzo más extraordinario que hubiera podido imaginarme. Y el aguamiel, es sorprendente. ¿Qué es, don Lucas?

—¿Conoce los magueyes?

—Por supuesto.

—El aguamiel es al maguey lo que la leche a una madre, patrón.

—Sabe delicioso.

—Y lo cura todo.

—¿También la tristeza?

—Ésos son asuntos de otras partes, señor. Me refería a los asuntos de esta parte.

No entendía muy bien pero asumí que tenía razón. Era una lógica absoluta.

Aunque ya me sentía muy bien, la bebida me había caído de perlas. Parecía que me habían inyectado adrenalina o alguna droga. Nunca había estado tan despierto en toda mi vida. De pronto, la impresionante cripta frente a nosotros volvió a capturar mi atención.

—¿Quién está enterrado en esa cripta, don Lucas?

—Ésa es *La Especial,* patrón.

—Es en verdad extraordinaria. ¿Es nueva?

—Tiene exactamente por estos días veinticinco años. El mármol es único. No verá jamás otro igual, señor. No se raya ni se desgasta. No se llena de sarro. Se le resbala el agua. No hay que pulirlo. Es rarísimo. Pocos conocen su origen.

Me tentó la idea de acariciarlo y así, como había sucedido con la otra cripta, conocer su origen.

Sin decir nada, me puse de pie y me acerqué a la cripta. Me disponía a tocarla cuando don Lucas me detuvo con voz firme.

—'Pérese, patrón. ¿Qué hace?

—Déjeme mostrarle algo que aprendí ayer. Si lo acaricio...

—Tenga cuidado, patrón. No siempre es bueno saber de dónde vienen las cosas. A veces uno no está preparado.

—¿A qué se refiere?

—Esta piedra la sacaron de muy adentro, patrón. Muy profundo. Si averigua su origen, quién sabe cuánta cosa vaya a encontrar.

—¿Puedo intentarlo?

Don Lucas se encogió de hombros.

Un poco desconfiado por la alarma del anciano, empecé a acariciar el mármol.

La superficie era exquisita al tacto. La temperatura se confundía entre muy fría y muy caliente, pero al mismo tiempo sin alternarse la sensación.

Con los ojos cerrados, seguí acariciando la finísima piedra y vi de pronto un destello que al desaparecer me mostraba una especie de laberinto, hacia abajo. Muy oscuro, frío y al mismo tiempo bochornoso. Después de otro destello, vi una caverna totalmente oscura y de pronto mi vista se aclaraba un poco y se perfilaba ante mí nada menos que un demonio. Lo poco que podía distinguir de él era horroroso. Pude entonces ver claramente una de sus alas y me estremecí. Su plumaje era negro, muy fino, las alas se veían fuertes, como para levantar fácilmente aquel demonio en el aire.

Luego distinguí otra figura igual y luego otra más. Me tenían rodeado.

Un destello después, me fui hacia atrás.

Don Lucas me había jalado con tal fuerza que me había tirado al piso.

—Se estaba yendo, patrón.

—¿Adónde?

—¿Pues qué? ¿No sabe? ¿No vio?

Al darme cuenta de qué me hablaba, me alejé instintivamente de la cripta.

—¿Quién está enterrado allí, don Lucas?

—Don Inando. Un hombre muy listo.

—¿Conoce la historia?

—Pues no sabría decirle, patrón. Ya luego a mi edad se confunden las cosas.

—Cuénteme, por favor, don Lucas.

—Si insiste..., pero le advierto que no soy muy bueno pa' las historias, patrón.

Se dio un buen trago de aguamiel y empezó a narrar, pausadamente...

SIETE

†

EN UNA OCASIÓN, ERFAN E INANDO LLEVABAN un buen rato discutiendo sobre la existencia del cielo y del infierno hasta que, finalmente, se enfrascaron en el tema del diablo. Inando, cansado, terminó la discusión aseverando:

—No tiene caso seguir adelante, sabes bien que no creo en esas pendejadas.

—No te creo.

—Ni modo.

—A ver, si no crees en el diablo, di que le venderías tu alma.

—¿Para qué? Te estoy diciendo que no creo.

—Sólo dilo. Di que le venderías tu alma al diablo.

—¿Para qué?

—Dilo.

—¡Cómo jodes!

—Dilo.

—Le vendería mi alma al diablo.

Erfan sonrió, satisfecho.

—¡Qué güevos tienes!

Al octavo día, tocaron a la puerta e Inando abrió.

Un tipo regordete, medio calvo, con lentes y llevando un portafolios usado, demandó:

—Disculpe, ¿el señor Inando?

—Sí, para servirle.

—Vengo a cumplir el encargo.

—¿Cuál encargo?

—Usted nos llamó.

—¿A quiénes?

—¿Puedo pasar?

Inando dudó un par de segundos y luego lo dejó entrar.

El tipo tomó asiento sin que se lo ofrecieran. Su gran panza deformaba la camisa y la corbata. El traje era bastante usado.

—¿De qué se trata?

—Hace unos días... —El recién llegado abrió el portafolios, sacó unos papeles y empezó a buscar entre ellos. Finalmente continuó—: ... ocho días, para ser exactos, recibimos un pedido de usted.

—Debe de haber un error. Yo no he pedido nada.

El hombre revisó una vez más sus papeles e insistió.

—Tenemos un pedido de usted, señor Inando. Dijo que le vendería su alma al diablo.

Inando se sorprendió solamente unos segundos. De inmediato comprendió que se trataba de una charada organizada por Erfan —pésima, por cierto— y decidió seguir con el juego.

—¿Es usted el diablo?

—No, señor. ¡Dios me libre!

—¿Un demonio, tal vez?

—Para nada. ¿Acaso parezco buitre?

—¿Entonces?

—Soy gestor. Nosotros hacemos el trabajo acá en la superficie. Lo llaman trabajo de campo.

—¿Y por qué no viene Satán personalmente?

El gestor bajó el tono de voz.

—No lo mencione mucho, se lo suplico. Eso no es de buen agüero, se lo garantizo.

Inando también bajó la voz, siguiendo el tono de broma.

—¿Por qué no puede venir personalmente?

—Él no puede atenderlo todo. Está muy ocupado. Orita trae varias broncas. No está fácil la cosa, no se crea... Pero bueno, al grano.

Se apoyó en el portafolios y se dispuso a apuntar en una hoja impresa. Con su bolígrafo en la mano preguntó:

—¿Hizo usted el pedido?

Inando continuó con el juego.

—Sí.

—¿Estaba ebrio?

—No.

—¿Drogado?

—Tampoco.

—¿Acepta la responsabilidad?

—Por supuesto.

—¿Comprende la magnitud de su decisión?

—Sí, señor.

El gordo anotó un par de cosas en la hoja y luego la firmó al calce. Le dio la vuelta y señaló con el bolígrafo a Inando.

—Muy bien, ¿cuál es su deseo?

—¿Mi deseo? No lo sé todavía.

El gestor se quedó de una pieza, muy sorprendido.

—¿De veras? ¡Qué curioso! Es la primera vez que me sucede. Cuando nos llaman, siempre saben lo que quieren... O creen saberlo. En fin...

Consultó su reloj, guardó la hoja en su portafolios y se puso de pie.

—Si le parece bien, volveré mañana por la tarde, así tendrá tiempo para pensarlo.

—De acuerdo.

Lo acompañó hasta la puerta y al cerrarla tras el presunto gestor, sonrió, pensando en el buen Erfan.

Sin embargo, al día siguiente se encontró con él y, como de pasada, le comentó el incidente. Erfan se mostró absolutamente sorprendido.

—¿Me estás hablando en serio?

La alarma de su amigo no parecía fingida.

—Sí, pero es obvio que se trata de una broma.

—¿De quién? Solo estábamos tú y yo aquella noche.

—Y tú no enviaste al gordo —aseguró Inando, más que preguntar.

—Desde luego que no.

Aunque no creyera en el diablo, Inando se empezó a sentir muy inquieto.

Demasiado inquieto.

—Me parece algo muy grave —dijo Erfan, lúgubremente.

—No creo que sea para tanto. Seguro que se trata de una broma. No eres el primero al que le digo que no creo en el diablo.

—Ojalá que así sea. Que Dios te bendiga.

La despedida de Erfan no contribuyó mucho a levantarle el ánimo. No obstante, Inando siempre se había caracterizado por su habilidad para resolver problemas. Sabía que era una broma. El no creía en el pinche diablo, pero desde ese momento todas sus herramientas cerebrales se pusieron a trabajar a tiempo completo en el asunto.

A las seis en punto de la tarde sonó el timbre de la puerta.

Era el gestor.

Inando lo hizo pasar y sentarse y esta vez le ofreció una copa.

—No, gracias. No podemos beber en horas de servicio.

—¿Un café o un refresco?

—Nada, muy amable. Si no tiene usted inconveniente, me gustaría que continuáramos. Voy atrasado de trabajo varios días. Ya ve usted, me tardé una semana en atender a su pedido, cuando por lo general se atienden en veinticuatro horas.

—¿Están cocinando a mucha gente allá abajo?

—Yo no lo tomaría tan a la ligera, don Inando.

—Es usted muy gracioso, pero déjeme decirle que no estoy dispuesto a seguir adelante con esto.

—¿A qué se refiere?

—A esta estúpida broma.

—Esta no es una broma, don Inando. Usted mismo me confirmó ayer que no estaba drogado ni nada por el estilo cuando hizo el pedido. Lo tengo por escrito. Aseguró que conocía la magnitud de su decisión. Ahora, si no le importa, sigamos adelante.

Como si nada, el gestor abrió el portafolios, sacó la hoja del día anterior, la revisó rápidamente, le dio vuelta y se dispuso a escribir con el bolígrafo en la mano.

En ese instante, Inando asumió que no se trataba de una broma, la adrenalina le invadió el torrente sanguíneo y su cerebro se puso a trabajar a su máxima capacidad.

—Bueno, si no se trata de una broma, entonces deseo hablar personalmente con Satán. Sin afán de ofender, usted comprenderá que no se puede tratar un asunto de esta importancia con un empleado cualquiera.

—¡Vaya! Para empezar, no sabe lo que quiere a cambio de su alma, ¿y ahora me sale con esto?

—Creo que he sido bastante claro. O hablo personalmente con el jefe o no hay trato.

—Me temo que no es tan fácil. Mire usted, don Inando, hay reglas, ¿ve? Como en todo. Para empezar, el trato ya está hecho, ya envié la copia de autorización e incluso ya me confirmaron su reserva.

—Ya lo dije. Deseo hablar con Satán personalmente.

El gestor suspiró.

—Mire, don Inando, no complique las cosas. Usted no podría tratar con Él, porque no lo comprendería. Él se maneja en otra dimensión.

—Insisto.

—Ay, don Inando, con todo respeto, no lo ponga más difícil. No sabe con quién se está metiendo. Además, si su deseo es hablar con Él personalmente, entonces, una vez cumplido tal deseo, eso será lo único que obtenga a cambio de su alma.

El gestor sonaba serio. Inando seguía trabajando su cerebro a gran velocidad.

—¿Me puede dar unos días para pensarlo?

—De ninguna manera. Ya tuvo una semana para pensarlo antes de que yo llegara.

—Un día más.

—Imposible. ¿No le digo que ya me confirmaron su ingreso?

—Me voy a servir un trago, si no le importa.

—Adelante, pero le suplico que se dé prisa.
Tengo todavía varios tratos que cerrar.

Inando se bebió de golpe medio vaso de
escocés. Tomo aire y las luces en su cerebro empezaron a titilar.

Se sirvió más alcohol y volvió a sentarse.

—¿Cuántos deseos puedo pedir?

—Sólo uno, pero de manera muy amplia; el
que usted quiera, con ciertas excepciones: no
puede convertirse en Dios ni en Satán. No puede
pedir no condenarse ni, obviamente, irse al cielo y tampoco puede pedir imposibles, como que
la selección nacional gane la copa del mundial de
fútbol. Nada de eso.

—Déme sólo un par de minutos para aclarar mis ideas.

El gestor se notaba impaciente pero accedió
con un gesto.

Inando se paseó lentamente por el despa-
cho, bebiendo escocés y pensando a gran velocidad.

—¿Podría pedir cierta información?

—¿Sobre qué?

—Hay algo que quiero saber. Ése es mi deseo.

—Bueno, no creo que haya problema, dígame.

—Lo que quiero saber es muy simple. Creo
que, si las cosas son como dicen, y así parece ser,

porque de otra manera no estaría usted aquí, en un principio Dios estaba muy sólo y entonces se le antojó un ángel. Como es Dios, puede hacer lo que se le pega la gana, así que creó a Luzbel.

El gestor observaba a Inando, muy interesado.

—¿Puede usted imaginar la soledad de Dios hasta entonces? Así que, una vez que hubo creado a su ángel, rápidamente se enamoró de su creación, lo cual es natural, pues —según tengo entendido— Dios es puro amor.

El gestor no le podía quitar la vista de encima.

—Sin embargo, el divino Pigmalión no podía tener como amante a un ser inferior y —digamos que— se le pasó la mano al dotarlo de poderes. Ya sabe usted las cosas que uno es capaz de hacer cuando está enamorado.

Inando se sirvió más escocés.

—Sin embargo, como sucede con todos los amantes, empezaron a tener sus diferencias, ya que, para ser amantes, debían ser opuestos, ¿o no? Las broncas continuaron y fueron subiendo de tono hasta que llegó el momento de la inevitable separación. El diablo tomó sus cosas, se fue de casa y se estableció en otra parte.

El gestor se echó para adelante en su asiento, ansioso por escuchar lo que seguía.

—Como suele suceder en estos casos, sobre todo estando de por medio la Justicia Divina, Dios no tuvo más remedio que entregarle al diablo la mitad de todo lo que tenía, que es el mal, mientras el Señor se quedaba con la otra mitad.

Ahora el gestor se veía francamente divertido.

—Continúe, se lo suplico.

—Pues creo que eso debe de haber pasado y, debido a sus pleitos de amantes, existen tantas calamidades, el sufrimiento, la muerte.

—Bien, don Inando, no deja de ser interesante su teoría; sin embargo, necesito que ya me exprese su deseo. Debo irme.

—Mi deseo es que, de ser correcta mi teoría, Satán me confiese quién de ellos dos desempeñaba el papel femenino.

El gestor tomó nota, suspiró profundamente y le extendió la hoja a Inando, pidiéndole que la leyera y luego la firmara.

Inando así lo hizo, e incluso corrigió algunos puntos y comas, y después se la devolvió al gestor, quien guardó el documento en el portafolios y se puso de pie, encaminándose a la puerta.

—Bien. Mandaré la solicitud por valija diplomática. —El gestor consultó su reloj—. Todavía estamos a tiempo. Bébase unos tragos, no tardo en regresar.

Sin embargo, Inando se bebió toda la botella y el gestor no regresó aquella tarde.

Ni al día siguiente.

De hecho, pasó una semana e Inando llegó a pensar que —efectivamente— todo había sido una mala broma, hasta que una tarde, cuando menos lo esperaba, llamaron a la puerta.

Era el gestor. Se veía mucho más delgado y muy avejentado.

—Buenas tardes, don Inando.

—Pensé que no volvería.

—Le suplico me disculpe, pero las cosas no resultaron tan sencillas. Parece ser que existe un grave conflicto de intereses en cuanto a su petición.

—A mí eso no me importa. No me van a salir ahora con alguna de sus infernales trampas burocráticas, ¿verdad? Quiero mi respuesta. O no hay alma.

—Usted no comprende, don Inando. Sería demasiado comprometedor divulgar una cosa de esas. Usted sabe, son asuntos... íntimos, don Inando... Como de familia, pues... Así que...

Abrió el portafolios y le devolvió la solicitud, con un gran sello, pirograbado; apestaba a azufre y en ella se leía: «Solicitud rechazada por decreto del Director General».

El gestor se puso de pie mientras decía:

—Y ahora, don Inando, si no tiene inconveniente, me despido. A pesar de todas las broncas y trámites en que me metió, puede estar seguro de que tiene un admirador en mí. —Se acercó al oído de Inando y dijo en un susurro—: Es la primera persona que los hace quedar como unos pobres diablos.

Se despidieron de mano en la puerta y antes de salir el gestor advirtió:

—Toda evidencia de este asunto desaparecerá en cuanto me marche y usted no recordará nada de lo sucedido.

Inando lo acompañó y, cuando cerró tras el gestor, se preguntó qué demonios estaba haciendo en la puerta.

OCHO

✝

DON LUCAS LE DIO UN LARGO TRAGO AL aguamiel y me pasó la botella.

—Termínesela, patrón.

Así lo hice, con gran deleite.

Ya había oscurecido y la noche era muy agradable.

—¿Es por eso que vi demonios al tocar la cripta?

—No, patrón. Es por el origen del mármol.

Se puso de pie y emprendimos el camino de regreso a mi tumba.

Al llegar, lo invité a pasar y así lo hizo; se quitó el sombrero, pero no tomó asiento.

—Entonces... Ese mármol, don Lucas... ¿Proviene de...?

—Ya le dije que era especial. Cuando don Inando murió, al día siguiente del entierro ya es-

taba construida la cripta en su lugar. En una sola noche, tal y como está ahora. Yo no estaba presente aquel día, pero dicen que sobre la cripta
había un moño negro y una nota dizque pirograba-
bada, que decía: «Honor a quien honor merece»;
y pues dicen que la nota estaba hasta firmada y
todo. ¡Vaya usté' a saber...! Y ora sí me despido.
Hasta mañana, patrón.

—Hasta mañana, don Lucas.

No tenía hambre. Me recosté en mi nicho y
contemplé la luna llena a través del domo y muy
pronto me venció el sueño.

Al día siguiente me di un baño de luz bajo el domo,
después me vestí y salí a estirar las piernas.

No había llegado siquiera al grifo para refres-
carme la cara cuando vi venir a don Mateo, acompañado de una joven indígena, de unos veinte
años.

—Buen día, patrón.

—Buenos días, don Mateo.

La belleza de la joven capturó por completo mi atención. Sentía como si manejara el cur-
so de mi mirada a voluntad. No podía quitarle
la vista de encima. No era muy alta, llevaba un
vestido de manta y huaraches. Muy morena, muy
limpia, con el cabello pesado, negro azabache,
perfectamente cepillado. Olía como a rosas. Su
mirada era de una extraña inocencia y, sin embargo, revelaba al mismo tiempo gran sabidu-
ría, poco propia de esa edad.

—Déjeme presentarle a mi nieta, patrón. Tlaí, éste es nuestro invitado.

La mujer esbozó una tímida sonrisa y efectuó una ligera inclinación.

—Encantado, Tlaí.

Su belleza me tenía perplejo.

Muchas de mis mujeres en el pasado habían sido modelos o actricillas y algunas eran realmente hermosas, pero de alguna manera artificiales. Nunca antes había contemplado una belleza como aquélla al natural.

Me entraron ganas de besar y lamer todo su cuerpo. Más aún, me abrió un apetito nuevo, por completo desconocido. Me sentí muy raro y muy sensual. Si pudiera definirlo diría que me daban ganas de comérmela. De devorarla.

De pronto me sentí muy avergonzado, porque sabía que don Mateo podía escuchar mis pensamientos y me volví a mirarlo, lleno de culpa.

Por toda respuesta, el anciano me sonrió, comprensivo.

—Tlaí está de visita unos días, patrón. Vino a aprender unas recetas de cocina de mi señora.

—Bienvenida.

Tlaí sonrió, divertida.

—Ora vámonos a la casa de usté' a almorzar. Aquí mi nieta le preparó unos chilaquiles que dizque están muy buenos.

—¿Podría tomar un baño antes?

—Pues ¿qué no se acaba de bañar, patrón?

Recordé el baño de sol y no insistí.

Durante el almuerzo, mi atención se dividió entre la belleza de la joven y el deleite de los chilaquiles. El queso era fresco y delicioso; picaban, pero justo hasta el punto en que se siente muy rico y no molesta. Las tortillas que los confeccionaban estaban perfectamente cortadas, eran crujientes, suavecitas y justo al morderlas casi se deshacían en la boca. La crema se deslizaba por la garganta como si conociera el camino de memoria.

Bañamos esta delicia con café de olla y tuve que hacer un sacrificio sobrehumano para no pensar en todas las cosas que me gustaría hacer con aquella mujer tan bella. Sin embargo, en una mirada que entrecruzaron don Mateo y su señora, me di cuenta de que ya habían asumido todo el asunto.

Al terminar el almuerzo, doña Licha ordenó:

—Váyanse a dar una vuelta, muchachos, aquí don Mateo me ayuda a recoger la mesa.

«Gracias por lo de muchacho», pensé.

—Pa' mi usté' es un muchacho, patrón; casi un niño, con todo el respeto que se merece su mercé'.

Antes de salir de la casa, don Mateo me entregó un morralito con una botella del elixir de Tejocote, una caja nueva de Delicados y unos cerillos.

Al principio caminamos en silencio. Me sorprendí pensando que así ni el Estilson me reconocería.

Llevaba la barba crecida de varios días, el sombrero, la camisa de manta, los vaqueros casi pescadores y huaraches. Iba caminando con Tlaí, como si fuésemos una pareja de indígenas.

Pensé que tan sólo unos días atrás —muy pocos— a veces hasta los diseñadores más caros me parecían demasiado harapientos para mi categoría y había llegado a ser tan frívolo que, si alguien me preguntaba que si la corbata que llevaba era de Hermes, yo respondía, con la mayor naturalidad:

—¿Hay de otras?

En ese instante reconocí que vestido a la manera del cementerio me sentía incomparablemente mejor que con traje y corbata de seda.

Me volví a mirar a Tlaí.

La joven me observaba sonriendo todo el tiempo, como si ella también pudiera escuchar mis pensamientos.

—Eres muy bella, Tlaí. ¿Cuántos años tienes?

—¿De qué, patrón?

—De edad.

—¿Dice usté' aquí? ¿En la Tierra?

—¿Qué? ¿Vienes de otro mundo?

—Pues claro.

—¿De qué mundo vienes? —pregunté, divertido.

—Del que está del otro lado de éste.

—¿Qué quieres decir?

—El que está antes que éste.

—¿Hay otro?

—Hay muchos.

—¿Cómo lo sabes?

—Lo sé y tú también lo sabes, patrón.

Asumí que no debía preguntar más y seguimos caminando.

Me di cuenta de que a lo largo de la caminata había estado olfateando a Tlaí, como si tratara de capturarla a través del exquisito aroma que despedía y, aunque sabía que podía escucharme, no pude evitar pensar cómo tendría los pezones, el ombligo, las nalgas. Me imaginé de pronto su vello púbico, abundante, lacio; la vulva carnosa, inflamada, brillante, llena de miel.

Y, finalmente, algo más que descubrí fue que había desarrollado una erección descomunal. Por suerte, la camisa de manta me ayudaba a cubrirla.

Mientras tanto la chica no dejaba de mirarme, siempre divertida.

Siguiendo un impulso, la invité a mi cripta.

—Quiero que veas cómo entra la luz del sol.

Aceptó sin dudarlo y emprendimos el camino. Cuando me di cuenta, la llevaba de la mano.

Entramos a la cripta y permanecimos unos segundos en silencio.

—No hablas mucho, ¿verdad?

—Tú si hablas mucho, pensando, en voz muy alta.

—¿Quieres decir que...?

Tlaí soltó una ligerísima carcajada y se cubrió la boca tímidamente.

Al principio me sonrojé de tal modo que hasta me dolió la cara, pero pronto me di cuenta de que ella no había tomado a mal mis pensamientos, sino al contrario. Sin dejar de sonreír, me acarició delicadamente el rostro.

La miré a los ojos y no pude resistir más la tentación y le di un ligero beso en la boca, al cual ella me respondió de buena gana.

De inmediato me sentí muy mal conmigo mismo. Apenas acababa de conocerla y ya la había besado. Estaba abusando de la confianza de don Mateo y...

Tlaí interrumpió mis pensamientos con voz muy dulce:

—No acabamos de conocernos. Nos conocemos del otro mundo.

No pude discutir. Yo también tenía la sensación de conocerla de siempre, al igual que a todos los ancianos.

—¿Qué quiere decir *Tlaí?*

—«Luz», patrón.

—¿En náhuatl?

—No, es un nombre del otro mundo.

—¿Hay luz en el otro mundo?

—Siempre hay luz en todas partes. Uno la lleva dentro. Es la vida.

—¿Y cuando uno muere?

—Una vez que tienes luz, ya nunca mueres, patrón; aunque cambies de forma.

Nunca le había dedicado mucho tiempo al análisis de la vida y la muerte, pero lo que jamás hubiera imaginado era la posibilidad de que existiera la vida antes de ésta.

—¿Cómo puedes saber que nos conocemos de antes?

—¿No lo sientes?

Lo sentía, pero no lo entendía y me vino a la cabeza lo que había dicho don Lázaro: «A Dios es mejor tratar de gozarlo que de entenderlo».

No dije más y me dediqué a besarla. Un rato después, tendí las cobijas en el piso, nos acostamos e hicimos el amor.

A pesar de tantos años de experiencia sexual, estoy seguro de que aquélla fue mi primera relación verdadera.

Estaba acostumbrado a penetrar a las mujeres y sentir siempre yo. Cierto que me consideraba civilizado y si me simpatizaban les podía otorgar la gracia de un par de orgasmos, pero el factor principal del placer siempre había sido yo.

Ese día comprendí que ni siquiera conocía el placer. Me había quedado en la antesala todo el tiempo.

Entendí —asumí, tal vez— que el placer verdadero —de cualquier índole— debe ser compartido. Si no, es imposible que exista. Sería como una llama sin vela, una noche sin estrellas, un día sin luz. Con Tlaí, por vez primera viví el interior de una mujer. Sí. Sus texturas, su consistencia. Podía verla por dentro, como si mi pene pudiera ver, oír, oler. Como si pudiera sentir cada minúscula gotita de humedad proveniente de sus delicados fluídos, derramándose en mí. Sentía en mi cuerpo las palpitaciones de todos sus vasos vaginales.

Al acariciar sus pezones, se fundieron con mis dedos, como si fueran uno mismo, y al besar su boca, me interné en un mundo que definitivamente no conocía ni en sueños.

Tlaí exploró mi paladar, las encías, succionó mi lengua dentro de su boca y no podría decir que la lamió o besó. No. Literalmente, me mamó la lengua.

Al acariciar su vientre, tuve la misma sensación que cuando había tocado el primer mármol; supe de inmediato de dónde venía aquella mujer, sus olores, sus sabores, sus colores, sus placeres...

Cuando llegó la eyaculación, duró tanto y fue de tal intensidad que sentí que se iba todo mi ser dentro de ella. Pero no sólo eso. Me invadió una exquisita sensación de continuidad, pues el orgasmo no terminaba allí, para nada. Juro que podía sentirme en cada uno de aquellos espermatozoides, viajando a gusto dentro de la cálida vagina de Tlaí.

Hasta entonces no conocí mi satisfacción verdadera. Estaba completamente satisfecho y, a diferencia de todas mis mujeres anteriores, en ese momento crucial —el *post-coitum*— no deseaba separarme de ella.

Jamás.

Cerré los ojos y me vino la idea de que el semen lleva nada menos que toda la historia del Universo, de las estrellas; la historia de absolutamente todo, incluyendo a todos mis antepasados, mi mensaje genético, lo que soy. Mi vida.

Nos quedamos dormidos hasta que nos despertó la luz anaranjada.

Parecía que ya no necesitáramos hablar. Compartimos el encanto de aquellos minutos en silencio, abrazados, muy juntos. Nunca antes me había sentido tan a gusto. Disfrutaba de la luz intensamente, en todas sus formas, y me imaginé que ésa era la fuerza que fusionaba átomos en el sol. La misma que me atraía hacia el núcleo de Tlaí.

Cuando la luz dejó de ser anaranjada, sin decir palabra nos vestimos y la acompañé a casa de don Mateo.

La entregué a doña Licha, quien se veía muy contenta. Ya me retiraba cuando me alcanzó don Mateo.

—Lo acompaño, patrón.

Caminamos un poco en silencio y de repente me detuve en seco. No podía soportar la idea de haber traicionado la confianza del viejo y le conté todo.

Me escuchó pacientemente y al final dijo:

—Uy, patrón, no me asuste usté' de esas maneras, pues. Pensé que me iba a platicar algo grave.

—Pero... Don Mateo... Le doblo la edad... La acabo de conocer y...

—Me parece que no está usté' asumiendo bien las cosas, señor.

—¿A qué se refiere?

—Pues a que la acabara de conocer. Eso es muy relativo. ¿No sintió que ya la conocía? ¿De tiempo atrás?

—Sí, bueno, y ella me dio una explicación al respecto, pero...

—Si se hubiera esperado, digamos un año, para acostarse con ella, patrón, ¿cree usté' que la iba a conocer mejor?

—Estoy seguro de que no.

—¿Entonces?

—Es que... Bueno, don Mateo, estoy sorprendido. Vengo de una sociedad muy hipócrita.

—No se avergüence de hacer lo que su corazón le dicta. El corazón nunca se equivoca. Puede creerme.

Llegamos a mi cripta y el anciano se despidió.

—Hasta mañana, patrón. Que descanse en paz.

—Gracias por todo, don Mateo; hasta mañana.

Me recosté en mi nicho. No podía creerlo. No tenía culpas. Estaba en paz. Me sentía feliz y satisfecho.

Y más honrado que nunca.

Aquella noche, mientras contemplaba la luna, estuve seguro de que conocía a Tlaí de toda la vida.

O tal vez de la vida antes de ésta.

NUEVE

✝

AL DÍA SIGUIENTE ME APRESURÉ A LLEGAR A casa de don Mateo. Parecía una especie de día de Reyes. Cuando me había desperado volví a tener aquella sensación tan emocionante. Tlaí era el regalo más preciado y me lo había obsequiado el propio destino, al llevarme al cementerio.

Don Mateo me recibió familiarmente, permitiéndome pasar a la ducha, y me entregó un juego de prendas limpio. Luego sirvió de desayunar unos exquisitos frijoles refritos con chorizo, que había preparado Tlaí, quien, junto con la abuela, se había ido al mercado.

Al terminar el desayuno, ayudé a don Mateo a lavar los platos y tenía pensado fumarme un Delicados mientras esperaba a mi amada, pero don Mateo frustró mis planes.

—Váyase a dar una vuelta, patrón. Todavía le falta mucho por ver.

Acepté sin rechistar. Aquel hombre era prácticamente mi abuelo y la sugerencia llevaba implícita una especie de orden.

—Nos vemos al rato, don Mateo.

—Yo le digo a Tlaí que vaya a verlo cuando regrese. Usté' no se preocupe, patrón.

—Gracias.

Vagué unos cuantos metros por la calzada y luego hice lo que acostumbraban mis guías: me metí por un atajo, sin prisas, como queriendo integrarme al entorno, miraba las lápidas, las tumbas, las criptas y, mientras hacía esto, sin motivo aparente, me puse a pensar en el verbo *ser* y me pareció de lo más adecuado que debería utilizarse solamente así: *soy aquí, soy enamorado, soy harto*. Porque no hay otra manera de estar, sino siendo. La excepción que confirmaba la regla —según yo— podían ser los muertos; los únicos que están, pero ya no son.

Sumido en estas reflexiones, vi acercarse a un anciano con el que no me había topado hasta entonces. Caminaba despreocupado, distraído, contento como un niño. Venía riéndose solo. Calculé que tendría unos ochenta años. Al verme, trató de ponerse serio, pero la risa no pudo desaparecer de su mirada cuando se presentó:

—Buenos días, patrón. Mi nombre es Hilario, para servir a Dios, y a usté' y a quien lo necesite y quiera.

—Buenos días, yo soy...

—Sí, ya sé, el invitado. —Y emitió una risita.

No era una risa descarada, sino una risa fresca, de niño.

—Perdone usté' patrón, es que luego se me sale la risa.

Contagiado, yo también reí un poco, mientras le decía:

—Por favor, ríase todo lo que quiera, tiene usted una risa maravillosa.

—Favor que me hace, patrón.

Carraspeó un par de veces y, un poco más serio, preguntó:

—¿Cómo lo tratan, patrón?

—De manera increíble, don Hilario. Nunca me he sentido tan querido y bien atendido en ninguna parte.

—Es lo menos que se merece, patrón.

—Son ustedes los que se merecen todo, don Hilario. En serio.

—Perdone el atrevimiento, patrón, ¿anda muy ocupado?

—Para nada. ¿Por qué?

—Es que voy hasta el extremo norte del panteón y, si quiere, le enseño por allá.

—Encantado.

El viejo caminaba a paso muy rápido y me costaba trabajo seguirlo por los atajos que tomaba. Por fin, cuando salimos a una calzada, don Hilario disminuyó la marcha y comenzó a reírse, igual que un niño.

Entre risas, explicó:

—Discúlpeme usté', patrón, pero es que me acordé de una cosa y me ganó la risa.

—Por favor, no se preocupe.

Al dar la vuelta en una calle, descubrí que estábamos a unos metros de la tumba de Zanabria y, al pasar frente al montículo que lo cubría, pensé:

«Ojalá te estés pudriendo en el infierno, hijo de tu puta madre».

Don Hilario emitió una risitas y dijo:

—¿Amigo suyo?

Y, a continuación, rió a pierna suelta, cubriéndose la boca con una mano.

Este viejo también leía el pensamiento.

Cuando se calmó, le expliqué:

—Un tipo verdaderamente despreciable. Por no decirlo de otra manera.

Caminamos un poco más y de repente don Hilario sacó un gran llavero, repleto de llaves. Escogió una y abrió una pequeña cripta que teníamos frente a nosotros. Metió nada más la mano, extrajo un par de botellas y volvió a cerrarla.

Las dos botellas eran similares a las ya conocidas y contenían un líquido color negro.

—Véngase, patrón, voy a enseñarle algo.

Caminó ágilmente delante de mí, llevando las dos botellas en las manos, y nos internamos en el panteón. Llegamos a una parte clausurada con alambre de púas. No había estado ahí antes. Don Hilario me extendió las botellas y apartó los alambres con gran habilidad.

—Pásele, patrón.

Luego de que pasamos los dos, volvió a colocar la valla y tomó delicadamente las botellas de mis manos. Siguió caminando entonces, pero más lentamente.

Parecía que estábamos de pronto en otra latitud. Tan sólo pasar el alambre de púas, pude sentir que la temperatura descendía de manera considerable.

Avanzamos por un trecho lodoso, donde parecía que algo se movía dentro.

—No tenga miedo, patrón; nomás sígame. No pasa nada.

Su voz me infundió total confianza. Después de unos metros, llegamos a un claro en el cual los árboles estaban todos secos, por completo. No había vegetación alguna, ni pájaros. Reinaba un silencio incómodo en el ambiente. Parecía que hubiera explotado allí una bomba o algo así. En medio del claro, había una especie de montículo con un gran agujero en el centro, del tamaño de una tumba.

«Parece un culo», pensé.

—¿Verdá' que sí? —dijo entre risas don Hilario.

—¿Qué es?

—Una tumba.

—Es horrorosa. ¿Quién está enterrado allí?

—Pues es que como usté' me dijo que su socio había sido despreciable, lo traje aquí porque ésta es la tumba del hombre más insoportable y despreciable que ha existido. Bueno, hasta orita.

Y empezó a reírse infantilmente.

—¿Me contaría la historia, don Hilario?

—Pues sólo que no me gane la risa.

Tomó asiento en el suelo y se recargó contra uno de los árboles secos.

—Siéntese, patrón. Déjeme ofrecerle algo de mi pueblo.

Abrió una de las botellas y me la ofreció.

Bebí un trago y, a pesar del espantoso paraje donde nos encontrábamos, sentí de pronto que me elevaba del piso, como si pudiera levitar; más aún, volar. Este elixir era en verdad potente. Una droga, de seguro.

—Nada de eso, patrón. Es un agüita de capulín. Es una fórmula de hace muchos siglos. Hay que elaborarla en noche de luna llena, si no se fermenta y se echa a perder.

—Es una maravilla.

Don Hilario rió levemente y después se dio un trago largo del agua de capulín. A continuación, intentando ponerse serio, comenzó su narración.

DIEZ

✝

P OR ALGUNA RAZÓN, EXISTEN ALGUNOS SERES
humanos que para funcionar adecuada-
mente necesitan ser odiados.

¿Es un vicio? ¿Una condición genética?

Hasta ahora, nadie lo sabe.

Nadie sabe por qué gozan siendo insoportables; por qué les fascina incitar a que les par-
tan la madre. Siempre provocan discusiones y
riñas y, no pocas veces, terminan en cualquier
panteón, víctimas de la mala vibra que van sem-
brando.

Tal había sido el caso de Lalo.

Desde muy joven había descubierto aquella
habilidad para conseguir caer mal a la gente. Lo
echaron de varias escuelas primarias y, por su forma de ser, jamás alcanzó a llegar a la secundaria.

Se puso dizque a trabajar en una cosa y otra y no duraba mucho, pues siempre discutía por todo y llevaba la contraria hasta que lo despedían. Como su padre tenía dinero, ahí la iba pasando, haciendo siempre lo único que le gustaba hacer: llevar la contraria, caer mal, discutir por todo y tratar de salirse con la suya a cualquier precio.

Claro que este precio era alto, pues le habían reventado el hocico varias veces, pero esto no lo hacía cejar en su empeño de molestar continuamente a la gente. Podría decirse que Lalo había sido diseñado especialmente para joder al prójimo.

Estos tipos siempre siguen el mismo patrón: tarde o temprano se encuentran con un cabrón más cabrón que ellos, que no está dispuesto a tolerar sus pendejadas ni sus imbéciles personalidades.

El turno de Lalo llegó una noche, en Garibaldi.

Había estado ingiriendo cantidades industriales de tequila y, si en sus cinco sentidos era intolerable, ebrio era francamente demencial.

Y esa noche se puso pesado.

Con una dama.

De un judicial.

Muy cabrón.

Lalo vio cómo desenfundaba la mágnum de la sobaquera y todavía alcanzó a decir:

—¡Me la pelas, hijo de tu puta ma...

El ruido de los disparos apagó la insoportable voz de Lalo.

Desde luego, el suyo fue un entierro muy deslucido. Sólo asistieron algunos de los parientes más cercanos y algún que otro despistado.

La familia habría deseado que lo cremaran —muchas veces, incluso cuando estaba vivo—, pero Lalo había dejado una orden ante notario para que no se le cremara —seguramente, nada más para joder, vía *post mortem*—.

De cualquier manera, los parientes se pusieron de acuerdo y le dieron vuelta al cadáver dentro del ataúd, así que Lalo quedó enterrado bocabajo. Además, alguien sugirió que el ataúd quedara ligeramente inclinado, la cabeza apuntando hacia abajo, sólo por si acaso. Tal era el repudio que Lalo había logrado cultivar a lo largo de su vida.

Los parientes salieron aliviados del cementerio e hicieron una misa para agradecer a Dios que se lo hubiera llevado.

Sin embargo, los seres insoportables están dotados de una energía fuera de lo común y la de Lalo había sido excepcional, así que, unas horas después del entierro, despertó.

Sí. Resucitó.

En un principio, no entendía qué le había sucedido, pero al hacer memoria y tocarse los tres agujeros que tenía en la frente y que el maquillista de la funeraria no había podido rellenar bien con estopa, lo comprendió todo.

Ahora era prácticamente inmortal, una especie de muerto viviente. Lo cual significaba que podía joder más y mejor que antes de todo el episodio.

Pero primero, tenía que salir del ataúd.

Por supuesto, no le resultaría tan sencillo, pero no hay misión imposible para un insoportable, así que se puso a golpear el ataúd, a rasguñarlo ferozmente, a morderlo, hasta que pudo librarse de su trampa y comenzó a sentir tierra.

No le prestó atención al hecho de que estaba demasiado dura. No sabía que en vez de desenterrarse, cada vez se enterraba más y más.

Siguió escarbando, hasta que después de un rato cayó dentro de una especie de caverna. Se puso de pie y observó el panorama. En su nueva condición, podía ver perfectamente bien en plena oscuridad. La caverna era muy irregular, pero había un camino, muy inclinado, hacia abajo.

Lalo tomó por ese camino.

Unos kilómetros después, llegó a otra especie de caverna, pero esta parecía más bien el vestíbulo de un hotel de lujo. Todo estaba realizado en mármol con distintos tonos de sepia. El piso también era del mismo material, perfectamente pulido, y, al fondo, se veía un arco en el mismo mármol y, más allá de éste, una gran oscuridad.

Lalo se encaminó hacia allá.

Sobre el arco, había un letrero de atención que rezaba en varios idiomas:

NO PASE

Por supuesto, Lalo siguió adelante y llegó a una zona muy oscura y se percató que ahí no podía ver nada. Era lo más vacío y negro que Lalo había visto en su vida.

Y en su muerte.

Sin embargo, el piso era firme, aunque ya no de mármol. Se trataba de un material volcánico. Parecía construido en lava, pero bien pulido.

Finalmente, Lalo tocó con pared.

Sus ojos distinguieron que había una especie de rampa, en espiral descendente, amplia, pero no demasiado. Todo estaba construido en la misma especie de lava.

Lalo empezó a descender.

Las paredes tenían luz propia, mate. El piso, inclinado, era muy firme y liso.

Lalo empezó a darse cuenta de adónde se estaba dirigiendo y, lejos de preocuparle o inquietarle la idea, se alegró y dijo:

—Mejor. Vamos a ver de qué cuero salen más correas.

Siguió descendiendo y de pronto se encontró a la entrada de un salón, no muy grande, iluminado como por fuego de chimenea, pero Lalo no veía ninguna. Lo que sí vio de inmediato fueron dos horribles demonios que abrieron sus brazos para darle la bienvenida.

Lalo notó que en vez de brazos eran alas, como de murciélago, pero estaban cubiertas de un bellísimo plumaje negro. Los demonios eran todos negros, muy emplumados y tenían cuernos muy feos y caras de malos. Sus hocicos eran espantosos y despedían una especie de vapor de azufre.

Lalo no se amilanó.

—Señores, buenas tardes. ¿O ya son noches? Vengo a hablar con el Director General, si son tan amables.

Acostumbrados como estaban a espantar humanos, los demonios se volvieron a mirarse, sorprendidos. Todos los que llegaban allí desfallecían de horror. En cambio, este tipo pedía hablar con el jefe.

Los demonios sostuvieron una ligera discusión en una lengua muy extraña y finalmente uno de ellos desapareció por un túnel, mientras el otro observaba a Lalo con curiosidad, a través de sus terroríficos ojillos color negro mate.

De pronto, la cola del demonio se fue deslizando hacia Lalo y comenzó a acariciarlo.

Lalo le metió un manotazo, mientras decía:

—¡Pérate, güey! ¡Sin puterías, culero!

El demonio lo miró con gran odio, pero retiró la cola. En eso, llegó el otro demonio y le hizo una señal a Lalo para que lo siguiera.

El que había intentado tocarlo con la cola se quedó en su sitio y, al pasar junto a él, Lalo dijo, mirándolo despectivamente:

—¡Pobre diablo!

Avanzaron a través de un túnel que parecía iluminado por fuego de soplete de acetileno. Lalo vio que el demonio que lo guiaba tenía cuerpo entre hombre y mujer y las alas le sobresalían de los omóplatos.

«No está de mal ver, la cosa esta», pensó, «en una de ésas hasta le levanto la pinche cola y me lo cojo».

Finalmente llegaron a unas puertas de roca negra, perfectamente pulidas. El demonio se dio la vuelta y, sin decir nada, se marchó.

Lalo lamentó no tener consigo un clavo o una navaja para labrar una verga en las puertas bien pulidas o, al menos, un «Puto yo».

En eso se descorrieron las puertas de roca y un vaporcillo amarillento llenó el ambiente.

—Pasa —ordenó una voz cavernosa.

Lalo se sentía a sus anchas y mejor aún cuando se cerró la puerta tras él, dejándolo a solas con Satán. O eso suponía, pues el vapor de azufre llenaba la atmósfera y en verdad que no se podía ver nada.

—¿Qué es lo que quieres?

No se necesita ver a alguien para joderlo, así que Lalo procedió.

—Bueno, pues antes que nada, déjame decirte que tú y tu gente me pelan la verga.

Satán tardó en responder, desde el anonimato del vapor de azufre.

—No te comprendo.

—No te hagas pendejo.

—¿Osas llamarme pendejo, insensato?

—Insensato, no. Sólo pendejo. Siempre quieres aparecer como el muy chingón y la verdad es que no eres más que un pobre pendejo, un pinche gato de cuarta. ¿O no eres tú el que le hace el trabajo sucio a Dios? Si no fueras tan culero, te habrías quedado con todo el negocio. En cambio, mira nomás el puto chiquero donde vives. ¡Bueno! Si es que a esto se le puede llamar vivir. ¡Pinche peste! Parece que se cagó aquí un policía, carajo.

Del otro lado de las puertas, varios demonios empezaron a congregarse, pegando sus espantosas orejas a la roca.

—¿Qué pretendes, maldito?

—Nada. Solamente quería comprobar la clase de mierda que eres. Y bueno, no ganas una ni en película, ¿verdad? Perdóname que te lo diga, pero la verdad es que eres un mequetrefe. Todo el mundo se ríe de ti. Ya nadie respeta tu pinche cubil de octava. Debe de ser por lo culero. Sí. Por eso siempre te pintan igual: como una puta culebra.

Satán guardó silencio, estaba tan confundido que no podía hablar, así que Lalo siguió atacando.

—Conozco muy bien a los ojetes de tu calaña, pinche puñaloide chamuscado.

Los demonios detrás de la puerta se movían inquietos y muy nerviosos. Hacía millones de años que no habían visto a Lucifer encabronado y en verdad que no se les antojaba.

—¿Estás en el umbral del fuego eterno y te atreves a hablarme así?

—Fuegos son los que te salen en el hocico por andar mamando la primera verga que te encuentras, pendejo.

—¡Ahora sí vas a saber lo que es meterse conmigo!

—¡No te tengo miedo, mierdero! Nomás atrévete a meterme al pinche infierno y me cae que no te vas a acabar la fama de puto que te voy a hacer, porque la fama de cornudo ya la tienes desde siempre, bestia.

Los demonios se arremolinaban fuera de la oficina de la gerencia. De pronto, se hizo el silencio por completo y, después de unos segundos, se abrieron las puertas de roca y se escuchó un grito de Satanás, llamando a uno de sus generales.

—¡Zedilloooo...!

El aludido se introdujo a la oficina de Satán, la cual ya no apestaba a azufre, sino a bilis.

Lucifer lo llamó aparte y le dijo en voz baja:

—¡Sácame de aquí a este jijo de su recabrona madre!

—Sí, jefe. ¿En qué círculo lo clavamos?

—¡Ni madres! Devuélvele a su vida de cagada y que se vaya a chingar a su puta madre. Aquí no lo quiero.

—¿No quiere que le demos una calentada?

—¡No! Este cabrón es peligroso. ¡Deshá-ganse de él!, pero ¡en chinga!

La voz de Lalo emergió entre el vapor de azufre.

—¿Qué tanto hacen, putoides?

De pronto, el general Zedillo salió de la nada, le aplicó una llave a Lalo y por fin lo hizo callar, poniéndole una de sus asquerosas garras en la boca. Al instante siguiente, el general extendió sus horribles alas y, llevando a Lalo consigo, emprendieron el vuelo fuera de allí. Parecían un ave de rapiña y su presa.

Lalo, de todas maneras, hacía hasta lo imposible por tratar de hablar y sus gemidos hacían eco en los túneles.

—mjjjjcabrónjmmojetemjjjmmmierda...

Por fin llegaron hasta la primera caverna y allí el demonio Zedillo le hizo una de sus diabluras a Lalo, para que se quedara dormido y pudiera recuperar su vida unos minutos más tarde. Lo subió por el túnel que el propio insoportable había excavado horas antes y lo depositó en su estuche apropiadamente, boca arriba. Soldó el ataúd con su aliento y luego desde dentro selló el túnel por donde había penetrado aquella desgracia.

Debido a la conmoción —y a que era medio pendejo—, el general Zedillo cometió un error imperdonable: se olvidó de borrarle la memoria a Lalo.

Minutos después, éste abrió los ojos.

¡Estaba vivo!

¡Increíble!

¡Pinches ojetes! ¡Se habían culeado!

Rápidamente, destrozó el ataúd, quitó la tierra sobre él, abriéndose paso como un loco, y finalmente salió a la calzada del cementerio. Caminó hasta la barda, la brincó y volvió al mundo de los vivos.

Para su fortuna, a sólo un par de manzanas del cementerio se encontró de frente con una pandilla de chavos banda y —para abrir juego— los mandó a chingar a su madre.

Se moría de ganas por regresar a joder al diablo. No había terminado con aquel culero todavía. Por supuesto que podía haberse ahorrado el viaje; se podía haber matado a cabezazos contra alguna lápida pero, de esta manera, mataba dos pájaros de un tiro, pues de paso podía joder a alguien más, para aprovechar el viaje.

No resultó pieza para los chavos. Lo reventaron a botellazos en pocos segundos.

Lalo fue recogido de la calle varias horas más tarde —bien tieso— y lo echaron a una fosa común, pues no traía identificación ni nada.

Esta vez llegó al infierno en calidad de alma, por la puerta grande, y, como había muchas almas y mucho desmadre —gritos, quejidos, desmayos (sí, desmayos de alma)—, le resultó fácil burlar a los demonios y se escabulló rápidamente a la zona de oficinas y, una vez allí, se fue directo a las puertas de roca negra de la gerencia general, donde tocó varias veces. Al ver que no le abrían, se puso a gritar:

—¡Ábreme, pinche puto! ¡Ora sí me cae que no te la vas a acabar, cabrón!

Satanás reconoció la voz, aterrado, y, desde luego, no abrió la puerta.

Lalo ya buscaba con qué derribarla, o por lo menos dañarla, cuando aparecieron los demonios de seguridad y lo apañaron. Ya lo iban a llevar volando al séptimo círculo, cuando se apareció el general Zedillo.

—¡No puede ser!

—Pues sí, pinche zopilote con cuernos, acá estoy otra vez. ¿Y qué pedo?

Esta vez lo llevaron a una cárcel incomunicada cerca del purgatorio, y lo tenían bien custodiado, pero no sabían qué hacer con él. En el cielo, por supuesto que no había lugar para una cosa así y, si en el infierno no habían podido con él, ya se imaginaban el desmadre que armaría en el purgatorio. Por si fuera poco, el limbo ya lo había clausurado un Papa, así que el asunto era complicado.

Por fin decidieron regresarlo, pero con otro cuerpo; quizás de esta forma se le quitara su carácter insoportable. Y no sólo eso, sino que lo pusieron en el cuerpo de un bondadoso sacerdote cuya alma ya se encontraba gozando de los beneficios del cielo desde la noche anterior.

Todo habría salido bien si no fuera porque, debido a su falta de experiencia, el buen Zedillo olvidó por segunda vez borrarle la memoria.

El ahora reverendo se dio cuenta del truco apenas despertó.

—¡Ah! ¡Ya van, cabrones! ¿Así está el tema? Está bien, ¡pinches ojetes!

Se desenterró rápidamente y salió de la tumba. Mientras caminaba por la calzada rumbo a la barda, hablaba solo:

—Ya verán, hijos de su azufrosa y puta madre. ¡No se la van a acabar!

Como lo habían enterrado con sotana, nadie se esperaba que un cura todo manchado de tierra y lodo entrara en un cabaret a esa hora de la madrugada y, mucho menos, que empezara a molestar con indecencias a todas las damas presentes y a mandar directo a la verga a cuanto cabrón se le pusiera enfrente.

Pero por algo era la ciudad más cabrona del planeta.

Cura o no, una bala anónima se estrelló contra la cabeza del reverendo padre Lalo...

ONCE

✝

ON HILARIO SE INTERRUMPIÓ CON UNA prolongada risa. Ya se estaba ocultando el sol. Habíamos dado cuenta de las dos botellas de agua de capulín y yo me sentía con un buen humor que se me salía por todos los poros.

—Vámonos, patrón. Aquí no me gusta mucho de noche.

Obedecí y, sin quererlo, me tapé la boca y emití una risita.

Salimos en silencio del pantano aquel y, después de poner el alambre de púas en su sitio, emprendimos el camino hacia mi cripta.

—Don Hilario, cuénteme, ¿qué sucedió después?

—Pues dicen que este señor Lalo ingresó de nuevo al infierno. No una, sino cuatro veces más, en total, siete. A la séptima, Satán no podía creer lo que escuchaba: «¿Adivina quién llegó, pinche cola de flecha?». Y en un hecho insólito, Lucifer se arrodilló, miró hacia arriba, extendió los brazos a los lados, con las palmas de las manos hacia el cielo e imploró: «¡Perdóname, Padre! Señor, Tú, con tu infinita bondad, perdona mi arrogancia y mis pecados... pero, por lo que más quieras, ¡sálvame de este hijo de puta!». —Don Hilario concluyó—: Parece que Dios, que ya había oído hablar del problema, se compadeció de su primogénito y lo llevó de nuevo a su lado, como un hijo pródigo. Desde entonces, es Lalo quien lleva los asuntos del infierno. Dicen que ésa es la razón de que todo esté tan confundido y tan revuelto; por eso mucha gente ya no sabe lo que está bien y lo que está mal.

Caminamos un poco más y por fin llegamos a mi cripta.

—Bueno, patrón, mucho gusto en haberlo conocido y por favor salúdeme a la niña Tlaí... —Se interrumpió para emitir una risita y terminó—: Pues ya nos veremos. Que descanse, patrón.

—Gracias por todo, don Hilario. Hasta mañana.

Después que partió me pregunté cómo sabría lo de Tlaí, pero antes de que pudiera asumir nada, sonaron unos golpes en la puerta.

Fui a abrir y me encontré con mi amada. Se veía aún más bella que la víspera. Había recogido su espesa cabellera en una trenza y llevaba una canasta de paja bajo el brazo, cubierta con un mantelito bordado.

Nunca había sentido tanta felicidad de ver a alguien.

Cenamos unos tacos de nopales francamente indescriptibles.

Tlaí había molido el maíz en el metate y fabricado a mano la masa para las tortillas. El condimento principal de aquel suculento platillo era —por supuesto— el Amor.

Al terminar, Tlaí preguntó, tímidamente:

—¿Puedo quedarme a dormir, patrón?

—Desde luego, pero, ¿no sería conveniente avisarle a tus abuelos?

—Ellos me aconsejaron que lo hiciera.

Apagué la vela y mi mujer se desnudó en la oscuridad y luego nos metimos entre las cobijas de mi nicho.

Despertamos bien entrada la mañana y estuvimos jugueteando durante horas como lo que éramos: un par de enamorados. Pero además, yo tenía una sensación extra, si es que se puede decir así; tenía la certeza de un reencuentro, después de muchísimo tiempo. Y no sólo con Tlaí, sino con la naturaleza, con aquellos ancianos, con el sol, con la vida. Parecía como si los cuarenta y cinco años anteriores hubiera estado muerto. Como un muerto viviente, como si mi alma hubiera estado todo ese tiempo con la luz apagada.

Sin embargo, Tlaí me sacó de mis cavilaciones y nos pusimos a tomar el sol bajo el domo. Así, estuvimos bañándonos en luz, amándonos quién sabe cuánto.

Después salimos a estirar las piernas un rato y pasamos cerca del claro de los Zábato y mi felicidad se vio interrumpida por el llanto de Tito.

En silencio, le señalé a Tlaí al muchacho y nos alejamos del claro por un atajo.

—¡Pobre muchacho! Me parte el alma ver cómo sufre. Sus sollozos me calan hasta dentro. De veras que se está consumiendo de pura tristeza.

—Sí, porque no sabe que, si lo desea con todas sus fuerzas, ella volverá.

La voz de Tlaí no sonó tan joven al decir esas palabras; más bien parecía que hablaba una sabia anciana por aquella boca.

Leyendo mi pensamiento, Tlaí afirmó:

—Cuando conoces y sabes respetar tus tradiciones, los ancianos pueden hablar a través de ti.

Caminamos un poco más, salimos a la calzada y tomamos el rumbo a casa de sus abuelos.

Doña Licha nos recibió llena de júbilo. Había preparado un pastel de nata con miel, típico de su tierra. Era una miel muy especial, con rayos de luna.

Mientras paladeaba aquella delicia me di cuenta de que cada vez hablábamos menos y que en realidad no hace falta hablar mucho para decir algo.

Durante la cena, Tlaí y yo entrecruzamos todo tipo de miradas, mientras los abuelos hacían lo propio; cómplices y complacidos.

Al terminar, las mujeres se pusieron a lavar los platos y don Mateo me invitó a bajar un poco la comida caminando por la calzada. Durante un rato sólo fumamos nuestros respectivos Delicados. Después, don Mateo suspiró hondamente. Se veía muy contento.

«Ya conocí a otro de sus amigos», pensé.

—Ni me diga, patrón. ¡Hilario!

—Sí, me fascinó su personalidad. Parece un niño travieso y camina como un crío, como si siempre estuviera dentro de una aventura o algo así.

—Pues si es medio niño, patrón; la mera verdá'.

—¿Cuántos años tiene? ¿Ochenta?

—¡Hágasela buena, patrón! Hilario me lleva quince años. Yo creo que ha de andar por los ciento siete, ciento ocho.

—¡No puede ser!

—Pues dicen que es por su agua de capulín, pero yo creo que es por otra cosa.

—¿Por cuál, don Mateo?

—Pues porque Hilario se ha dedicado todo el tiempo a gozar la vida. Nunca ha tratado de entenderla.

«Dejad que los niños se acerquen a mí», pensé.

—Y aquellos que quieren ser como niños... —continuó don Mateo.

—De ellos es el Reino de los Cielos —completé, pensativo, y después de unos segundos concluí—: Por eso es tan ágil y tan feliz. Todo el tiempo está en el cielo.

—Vamos a regresarnos. Seguro tiene usté' ganas de estar con Tlaí.

—Sí, don Mateo. Por cierto, ¿puedo hacerle una pregunta con toda confianza?

—Usté' pregunte lo que quiera, patrón. Yo le contesto lo que pueda.

—Con todo lo que ustedes saben, que no es poco, ¿por qué no ayudan a Tito?

—Mire patrón, yo creo que cada quien tiene una misión en la Tierra. Uno lo siente y sabe que ésa es su misión. La nuestra no es ayudar a Tito, señor.

—¿Aunque se muera de tristeza?

—Es que nosotros estamos aquí sólo para servir a Dios. No tomamos las decisiones. Él sabe bien lo que hace. Fíjese: ¿no retoñan las rosas en mayo? ¿No sabe la Tierra cómo darle la vuelta al sol? Mucho antes de que el hombre llegara, patrón. Así que, pues si no se nos encomienda algo, no lo hacemos.

No estaba muy convencido al respecto. Me parecía una actitud absurda. Además, Dios es bondadoso, o eso dicen. ¿Por qué no ayudar al pobre Tito?

—Ya se convencerá, patrón. La vida es así, como el engranaje de un molino. Cada diente y cada engrane tienen su función y sirven para algo. El sufrimiento de Tito tiene una función y, cualquiera que sea, está debidamente planeada. No lo dude.

—¿Y si se muere?

—Todos nos morimos físicamente, patrón. A la hora que nos toca. Ni antes, ni después.

Llegamos a la casa y Tlaí me hizo olvidarme de todo, mirándome de una manera que asumí que se me estaba metiendo en el alma a través de los ojos.

Tenía tanta vida que se le salía del cuerpo.

Doña Licha se despidió de su nieta en una lengua que yo no conocía.

Me despedí de ambos ancianos y volvimos a la cripta.

—¿Qué te dijo tu abuela?

—Que eres un buen hombre.

Ya en la cripta, abrazados muy rico dentro de las cobijas y el nicho, viendo cómo caía la noche a través del domo, le pregunté:

—Tlaí, tú que puedes hacer que los ancianos hablen por tu boca, dime: ¿no se le puede ayudar a Tito? ¿O convencer a don Mateo de que lo ayude?

—Tito debe ayudarse primero él mismo. En el fondo desea morirse para estar con ella. Pero la muerte no es el camino. Lo que debería hacer es traerla de regreso.

—¿Con tan sólo desearlo?

—Tú debes de saberlo.

Guardé silencio porque de alguna manera sabía que toda mi vida la había estado esperando y deseando a *ella* y allí estaba, en el sitio más increíble, en el momento más inesperado.

Después de hacer el amor contemplé la noche a través del domo y Tlaí me dijo en un susurro:

—No mires las estrellas cercanas. Mira más allá.

—No te entiendo.

—Mira más allá. No te dejes deslumbrar. El cielo está plagado de estrellas.

De pronto, ignoré las estrellas más brillantes y pude ver más allá. Era cierto, el cielo estaba plagado de estrellas, de luz, de vida.

Volvimos a hacer el amor hasta quedarnos dormidos.

A la mañana siguiente, Tlaí me comunicó que debía regresar a su pueblo, ya que su madre la necesitaba para que ayudara con la casa y sus hermanos pequeños. Sin embargo, me aseguró que volvería pronto.

Mi primer impulso fue pedirle que se quedara a mi lado. Pensé que estaría perdido sin ella. Pero de alguna manera había madurado o empezaba a madurar y comprendía que las cosas no son como uno quiere que sean, sino como deben ser. Sabía que Tlaí no se iría si no fuera necesario. Ni siquiera le pregunté cuando volvería.

Después que se marchó —me despedí de ella en la cripta, cumpliendo su propio deseo— sentí un vacío enorme. Como nunca. No obstante, lejos de estar triste o deprimido, me sentí muy satisfecho, pues jamás había sentido algo tan profundamente.

«¡Qué vivo estoy!», pensé, casi gritando.

Salí para distraerme y anduve vagando un buen rato a solas y cuando me di cuenta estaba frente a la tumba de Zanabria.

Observé un rato la tierra que lo cubría y me lo imaginé como era cuando estaba vivo. Pensándolo bien, no había sido mala persona. Era muy simpático y siempre producía la certeza del éxito a su lado.

Pensé que gracias a él había descubierto la vida en el cementerio y todo lo demás.

Le perdoné sus fechorías y agradecí a Dios el haber conocido a aquel transa. Deseé además que Zanabria descansara en paz y, en ese instante, yo mismo sentí una gran paz.

Seguí caminando y me encontré con un anciano a quien no conocía. Se encontraba muy ocupado, puliendo una tumba de mármol.

—Buenos días.

Suspendió su trabajo.

—Mucho gusto, patrón. Yo soy Jeremías, el marmolero.

—Mucho gusto, don Jeremías. ¿Le molesta si lo veo trabajar un rato?

—¿No quiere probar?

De inmediato acepté. Quería sentir esa sensación de estar puliendo el mármol. Deseaba sentir de alguna manera lo que Tito estaba haciendo con su alma.

No pude hacerlo más de unos cuantos minutos. Mis manos casi se agarrotaron y me picaban y ardían. Sin embargo, durante esos minutos no solamente pude sentir con claridad la cantera y todo el entorno de donde habían sacado la piedra que estaba puliendo, sino que también pude sentirme a mí mismo, muy dentro de mí: mi origen, de dónde venía. Pude sentir millones de generaciones de vida hasta ese momento. Todo lo que había tenido que suceder para que yo naciera: que comenzara el Universo, que se formaran las galaxias, la Vía Láctea, nuestro grupo estelar, la estrella que nos ilumina, su sistema, la Tierra y las condiciones para la vida en esta maravilla de planeta, la sopa orgánica, los virus, las bacterias, las amebas...

Si una sola bacteria hubiera muerto a destiempo, yo no estaría allí, puliendo el mármol.

Descubrí que el hecho de estar vivo era —nada más— un auténtico milagro, o, mejor aún, un milagro viviente. Y Tlaí era otro milagro, y don Mateo otro más, y don Hilario y... ¡Todo! La vida estaba plagada de auténticos milagros: un pájaro, una planta, una hormiga lo eran también. Vivíamos rodeados de milagros y no nos dábamos cuenta, porque abundaban. Tratábamos de buscar la felicidad por medio de posesiones estúpidas o fabricándonos situaciones hipotéticas en donde ni siquiera éramos nosotros mismos, sino un estereotipo, un espejismo. Mientras tanto, una infinidad de milagros desfilaba frente a nuestros atrofiados sentidos.

La felicidad no era estar siempre riendo, o tener una isla o un Mercedes Benz ni acostarse con la modelo de la portada de una revista. Nada de eso. La felicidad era algo más sencillo y, por lo mismo, más complejo. Y tal vez se empezaba a ser feliz dándose cuenta de lo milagroso del Universo que nos rodea, a todos los niveles.

Dándose cuenta.

Tal vez.

Admiramos que un automóvil pueda tener tantos caballos de fuerza o tal tecnología, mientras ignoramos que cada ser humano es lo más extraordinario de la creación conocida. Nos postramos frente a la tecnología punta, mientras pasamos de largo que un cerebro humano común es infinitamente más perfecto y sofisticado que cualquier computadora, presente o futura.

Y, por si fuera poco, sentimos; podemos amar, odiar, desear, perdonar...

Don Jeremías interrumpió mis pensamientos.

—Vamos a descansar un momento, patrón.

Me guió por un atajo hasta un claro donde destacaban varias tumbas pequeñas. Era la sección de niños.

Nos sentamos sobre una tumba muy pulida. Sentí un calorcillo muy rico al contacto con la piedra. Don Jeremías sacó una botella y me la ofreció.

—Es licor de guayaba, muy suavecito, patrón.

Al probarlo, supe de inmediato de dónde venía. Pude oler el campo, el árbol; viajé a través de la corteza hasta las venas mismas de aquella maravilla, me metí hasta sus raíces y sentí cómo chupaban el agua de la tierra y el ruido de succión que hacían.

—¿Qué le parece, patrón?

—Léame el pensamiento.

Don Jeremías sonrió socarronamente y se dio un largo trago.

Después de unos segundos en silencio, disfrutando de los pájaros, de la guayaba, de todos aquellos milagros, me entró un ataque de terrible tristeza. Seguramente por el sitio donde nos encontrábamos. Aquellos niños no habían tenido tiempo de conocer el amor o la vida.

—Se equivoca, patrón. Ya son luz. Ya son vida. Acuérdese de que todo es relativo.

—Pues sí, pero no es lo mismo vivir cuarenta años que doce.

—¿Usté' cuántos años tiene, si no es indiscreción?

—Cuarenta y cinco.

—Y de ésos, ¿cuántos ha vivido, patrón?

No pude responder. De haberlo hecho, habría tenido que aceptar que ninguno. Y, a decir verdad, tal vez había vivido solamente unos días; principalmente los últimos.

—¿Ya ve? No esté triste por estos niños, patrón.

—No es sólo eso, don Jeremías. Ando muy apesadumbrado a causa de Tito.

—¿Y por qué no lo ayuda usté'?

—¿Yo? ¿Cómo?

—Usté' sabe.

—No creo que...

—No piense, patrón. Usté' sabe. Su corazón sabe.

Guardamos silencio un rato y don Jeremías me ofreció de nuevo la botella. Bebí, agradecido, pero estaba muy confundido. No veía la manera de ayudar a Tito.

Mientras bebía, capturó mi atención una pequeña tumba que resplandecía, sobresaliendo entre las demás. No hube de preguntar nada, el viejo se me adelantó.

—Ésa es la tumba de Benjamín Fringer.

—¿Quién era?

—Un niño.

—Sí, me imagino, pero... ¿Conoce la historia?

—Las historias son como las abejas, patrón; cuando van de flor en flor se les va pegando el polen. A las historias les pasa lo mismo, se les van pegando anécdotas y un montón de palabras de quien las cuenta.

—De cualquier manera, ¿podría contármela?

Don Jeremías se dio un largo trago de licor de guayaba y empezó a narrar...

CAPÍTULO

DOCE

✝

ELENA SOLÍA CORRER POR LAS MAÑANAS EN EL cementerio. El lugar era amplio, seguro y muy tranquilo. Había pedido permiso a los vigilantes y la autorizaron con la condición de que lo hiciera discretamente, sin trajes llamativos.

De esta manera, deambulaba por las calzadas del cementerio casi todos los días. Si veía un cortejo venir, se cambiaba discretamente a otra calzada. Evitaba a aquellos que visitaban a sus muertos y cumplía con la condición, ataviada siempre con ropa de calle y zapatos deportivos discretos.

Después de correr durante un buen rato, bajaba la velocidad y terminaba la rutina caminando unos cuantos cientos de metros con el fin de enfriar los músculos.

Durante todo el trayecto ignoraba el entorno y se concentraba en lo único que le importaba a sus veinticinco años: ella misma y su magnífica figura. Nada más. Utilizaba el cementerio por mera conveniencia; la muerte era para ella el equivalente a un plato alto en calorías: no le interesaba en lo más mínimo.

Sin embargo, un día había corrido más de lo habitual y empezó a sentirse mareada, así que se sentó en una tumba a descansar.

Cuando se recuperó un poco, se dio cuenta de que se había sentado en una zona donde casi todas las tumbas eran de infantes. Se puso de pie y se paseó un poco por el lugar. Se sentía mucho mejor, pero no quería abandonar la paz de aquel sitio. Se detuvo un momento frente a una tumba que le llamó la atención por descuidada. Incluso estaba un poco hundida de un costado, visiblemente inclinada. Las raíces de un árbol cercano la habían aprisionado, como si fueran unas garras. Se acercó a ver el nombre por pura curiosidad y una infinita tristeza la invadió. En ese momento, sintió que la tumba se movía. Muy ligeramente. Prácticamente nada. Pero se había movido.

La imagen le anduvo rondando la cabeza todo el día y pudo dormir aquella noche sólo porque llegó a la sana conclusión de que había habido un ligero temblor de tierra en ese momento.

Al día siguiente se puso su traje de calle, sus zapatos deportivos y se fue de nuevo a correr.

A la mitad de la caminata de enfriamiento, sufrió un terrible calambre en una pierna y tuvo que detenerse.

El infame dolor no duró mucho, aunque fue muy intenso.

Todavía se sobaba la pierna cuando descubrió que estaba de nuevo frente a la tumba del niño Fringer.

La observó atentamente y casi le da un infarto cuando uno de los ancianos vigilantes le habló por detrás.

—Allí mejor no se acerque, seño'; esa tumba se mueve, sobre todo por las noches.

Elena observó la tumba un par de segundos y cuando iba a preguntarle al anciano por qué se movía, el vigilante había desaparecido.

Elena se alejó del lugar.

Decidió no volver más al cementerio. Aunque no fuera tan tranquilo el sitio, iría a correr a su club deportivo.

Sin embargo, aquella tarde se comió todas las uñas, pensando en la tumba. No había imaginado lo que vio. En verdad se movía la tumba del niño y el propio anciano lo había confirmado. O... ¿Había imaginado también al anciano?

No pudo dormir. Cada vez que más o menos se iba profundizando en el sueño, las más absurdas pesadillas tomaban forma, todas ellas relacionadas con el cementerio en general y la tumba de Benjamín Fringer en particular.

A la mañana siguiente se levantó y se fue directamente al trabajo. Había decidido olvidarse del
cementerio, por lo menos durante una temporada.

Pero la curiosidad es el más corrosivo de los
ácidos y, aquella misma tarde, Elena se personó
en el cementerio. Sin embargo, al cruzar la puerta, se percató de que no sabía exactamente dónde se encontraba la tumba. No obstante, vagó un
rato por allí, sin hacer el intento de encontrarla.

Media hora después se sentó a descansar un
momento y allí estaba la tumba, justo frente a
ella. Permaneció en aquel lugar durante casi una
hora, observándola atentamente, pero nada sucedió.

Al día siguiente se fue a trabajar y al salir
visitó a un detective privado y lo contrató para
que investigara quién había sido el niño Fringer, muerto treinta y nueve años atrás.

El detective no tardó más que unos días en
recavar la información.

Benjamín Fringer había sido asesinado a
la edad de seis años a manos de su propio padre,
de un mal golpe, durante una paliza.

Elena se pasó una buena parte de la noche
llorando y, al despertar, tomó una decisión.

Aquella mañana fue al cementerio y pidió
autorización a uno de los vigilantes para poder
pasar allí parte de la noche.

—¿Está segura, seño'?

—Muy segura, créame.

—Le creo. Voy a avisarle a mis compañeros para que estén al pendiente si necesita algo. Yo vivo en la esquina que está derechito a la tumba del niño. Tóqueme en la puerta cuando quiera que le abra la reja del panteón.

—Muchas gracias.

—Y véngase bien abrigada, seño'.

Adquirió una linterna y baterías de reserva. Se internó en el cementerio cuando ya iban a cerrar y, muy bien abrigada, se dispuso a pasar la noche frente a la tumba de Benjamín Fringer y ver qué sucedía.

En un principio pensó que aquellas horas se le harían eternas, sin televisión, sin música o la voz de algún pretendiente al teléfono. Pero no fue así. Por primera vez en su vida sus pensamientos fueron un poco más allá de cuál maquillaje usar o qué vestimenta ponerse.

Dejó de pensar en las calorías que contenía cada alimento y en un probable implante de senos que le esperaba pronto y, rodeada de tumbas, se dio cuenta de que no tenía caso aquella vida. Uno de estos días, cualquiera, ella misma estaría enterrada. ¿De qué servirían entonces todas las cremas y los afeites? ¿De qué tanto ejercicio y todos los tratamientos para prevenir la celulitis? ¿De qué servirían entonces sus increíbles pezones? ¿Su gótica vulva?

Para distraerse consultó su reloj. Era casi la una de la madrugada.

La tumba seguía sin moverse y le dolía la espalda. Decidió marcharse cuando, de repente, la tumba osciló visiblemente.

Elena se sintió muy asustada, pero sólo durante unos segundos; después, se levantó y se acercó a la tumba, con la linterna en la mano.

Se imaginó que serían las ratas las causantes de que la tumba se moviera. Tal vez habían excavado muchos túneles por debajo y así se había vencido el diminuto monumento.

Pero algo dentro de ella sabía que aquello no era producido por un animal.

A unos centímetros de la tumba, la estuvo iluminando y ya nada sucedió. Después de otros quince minutos de observación sin resultados, decidió marcharse. Al hacerlo, le pareció escuchar un ligerísimo llanto, pero aguzó el oído y no escuchó nada más.

Finalmente, se marchó.

Al día siguiente, antes de que cerraran el cementerio, Elena cruzó el portal y, sin tomarse la molestia de pensar, dejó que sus pies la guiaran a su destino. Una vez instalada frente a la inclinada tumba, sus pensamientos se concentraron en cosas más importantes que el cóctel del viernes con Ricardo o el viaje de la semana siguiente a la playa con Julián.

Esa noche pensó en la espeluznante fragilidad de la vida; en particular, del cuerpo humano. Recordó a una amiga, modelo de modas, con rostro muy hermoso y un cuerpo perfecto. Una noche, después de una exhibición, la habían secuestrado un par de tipos y la habían violado y, dentro de su locura, la habían desfigurado el rostro a cachazos y roto ambas piernas.

No hubo médico que pudiera repararla.

Se suicidó poco tiempo después.

Porque el rostro se acaba fácilmente y el cuerpo también.

Pero todo se acaba, ¿o no?

En eso estaba pensando Elena cuando la tumba volvió a moverse. Eran las dos de la mañana. Corrió hasta la tumba, iluminándola con la linterna. Vio cómo oscilaba un poco más y finalmente se detuvo.

Elena se quedó allí como si fuera una estatua, durante más de diez minutos. Casi ni respiraba.

De pronto, le pareció escuchar un ligero llanto.

El corazón se le comprimió, como si le fuera a explotar.

Sintió la enorme soledad de aquel llanto, pero no hubo más. Media hora después, se marchó a casa.

Como un autómata, a la tarde siguiente siguió la misma rutina.

Volvió a sentarse frente a la tumba del niño Fringer y evitó pensar en que tarde o temprano acabaría en calidad de cadáver y asimismo evitó pensar en las arrugas, las futuras tetas caídas y las nalgas con celulitis. Evitó pensar en todo, pero, como suele suceder en estos casos, al evitar ciertos pensamientos, en realidad los invocaba, así que de pronto se encontró pensando que, aunque tanto Julián como Ricardo —sus más fervientes pretendientes— eran acaudalados y de buen ver, ambos resultaban bastante aburridos y, muchas veces, tediosos. A ninguno de los dos se había atrevido a platicarles lo que estaba haciendo aquellas noches en el cementerio.

De antemano sabía que no comprenderían su conducta. No podrían entender nada de eso.

Pero entonces, si no les tenía confianza, ¿por qué razón permitía que introdujeran su pene dentro de ella, en lo más íntimo de su persona?

A ninguno de los dos los amaba. De hecho, le habían ofrecido matrimonio y no se decidía por ninguno sencillamente porque ya los conocía a ambos de memoria y no le llamaba la atención aburrirse a su lado.

Entonces concluyó que todo el asunto era en sí un absurdo. Si se casaba con cualquiera de los dos, lo haría porque eran millonarios, pero si ella deseaba el dinero para tener a su alcance muchas cosas y al final para no aburrirse en la vida, ¿qué objeto tenía casarse con un tipo aburrido? ¿De qué servirían los BMW o los Mercedes Benz o cualquier otra cosa, si al final debería compartir su vida con uno de ellos? ¿De qué serviría la magnífica casa de Ricardo en Acapulco, si debería compartirla con él? O la villa de Julián en Vail, si aquel hermosísimo paraje se echaba a perder al estar él presente con sus eternas idioteces y comentarios estúpidos, ¿o no?

En eso estaba cuando la tumba se movió.

Corrió hasta ella y volvió a escuchar el llanto.

Esta vez ya no aguantó más la angustia y, como pudo, llena de ansiedad, a patadas, quitó la lápida y abrió el pequeño ataúd. Dentro, se encontró a un niño de unos seis años, llorando desconsoladamente.

Elena lo acercó a su pecho y tiernamente le acarició el cabello, muy tiernamente, inoculándole amor con cada caricia. De pronto, se sorprendió pensando que no se sabía capaz de sentir tanto amor.

Unos minutos más tarde, Benjamín Fringer se quedó profundamente dormido.

Elena lo acomodó, le besó la frente cariñosamente, cerró el ataúd y luego colocó de nuevo la tapa de mármol sobre la tumba. A continuación, sin pensar —pues no podía, estaba llena de amor— se marchó a casa...

TRECE

✝

CUANDO DON JEREMÍAS interrumpió su relato, nos habíamos tomado todo el licor de guayaba y yo me sentía igual que Elena, lleno de amor. La noche ya había caído y era espléndida, bellísima.

Nos pusimos de pie y esta vez fui yo, sin darme cuenta, quien decidió qué atajo tomar.

Al llegar a mi cripta, convidé a pasar a don Jeremías y se sentó en los escalones, no sin antes quitarse el sombrero.

—¿Le puedo ofrecer algo?

—Muchas gracias, patrón. Así estoy muy bien y me siento muy honrado de que me haya invitado a pasar a su casa.

—Es la suya, don Jeremías. Pero, dígame, ¿qué sucedió después?

—Pues no mucho, la tumba amaneció perfectamente nivelada, limpia y reluciente como la ve usté' orita. Las raíces del árbol que la abrazaban se habían retirado y nunca más volvió a moverse. Y ora sí lo dejo, patrón, pa' que descanse.

—Hasta mañana, don Jeremías, y muchas gracias por todo.

—Hasta mañana, patrón.

Me metí a mi nicho, me cobijé y cerré los ojos, con todo mi ser lleno de Tlaí, lleno de luz.

Al día siguiente, me desperté antes del amanecer y a través del domo pude contemplar la lucecita proyectada por el planeta Venus.

Sabía —quién sabe por qué, tal vez lo había visto en algún canal de televisión— que Venus es el único planeta del sistema que gira sobre su eje en sentido contrario a los demás y, por si esto fuera poco, lo hace tan lentamente que tarda más en completar un día que un año.

Asumí que si Venus no fuera tan excepcional como es, tal vez no se hubieran dado las condiciones necesarias para la aparición de la vida en la Tierra, o, al menos, no como la conocemos.

Un día dura más que un año...

Gira al revés...

«A Dios hay que disfrutarlo...».

Volví a quedarme dormido y desperté bien entrada la mañana. Después de tomar mi acostumbrado baño de sol, salí a caminar un poco.

Sin saber por qué, me guardé entre las ropas una botella de licor de tejocote.

Extrañaba a Tlaí, pero con gozo, y pensaba en todas las cosas que haríamos cuando estuviéramos juntos de nuevo. Mientras pensaba en su mirada, cuando me quise dar cuenta me encontraba en el claro de los Zábato y no tardé en escuchar los sollozos de Tito. Al asomarme entre las aralias, lo pude ver llorando, con su ramo de flores en una mano. Entonces no resistí más, salí del claro y me aproximé a él, delicadamente, para no asustarlo.

De cerca, su llanto era más triste aún.

Desgarrador.

—Perdone usted, patrón —me sorprendí diciendo.

Tito se volvió un poco.

—Dígame.

—Disculpe que lo moleste, patrón, pero necesito hablar con usted un momento.

Tito me miró con curiosidad, sus ojos estaban completamente rojos y tenía la piel de la cara en carne viva, de tantas lágrimas y mocos.

—Sólo un momento, se lo suplico —insistí.

Al ver que Tito accedía, entré de nuevo al claro de los Zábato y tomé asiento sobre una de las tumbas, sugiriéndole que hiciera lo mismo.

Su mirada expresaba gran curiosidad y sentí satisfacción, pues al menos había logrado frenar su llanto.

Saqué de entre mis ropas el licor de tejocote y le ofrecí la botella.

—No, gracias. No bebo.

—Le va a caer bien, créame.

Dejó su ramo de flores a un lado y descorchó la botella. Antes de beber me miró una milésima de segundo con cierta desconfianza, pero bebió.

Yo también bebí y guardamos silencio. Volví a ofrecerle la botella y esta vez Tito le dio un buen trago, con mayor confianza.

Luego de unos segundos comencé a hablar, pero como si no fuera yo mismo, sino alguien que hablara a través de mí.

—¿Amaba mucho a Lorena?

—¿Usted qué cree?

—Pues no sé. Si la amaba mucho, ¿cree que ella es feliz donde está, viéndolo sufrir de esta manera?

—Puede creerme que no lo hago por gusto, señor.

—Si en verdad la amara, desearía con toda el alma que volviera. Si toda esa energía que desperdicia en llorar y matarse de tristeza, si todo el coraje y resentimientos que siente los utilizara para pensar en el retorno de su amada, le garantizo que ella ya estaría de vuelta.

Pronuncié aquellas palabras con absoluta convicción.

Tito me miraba con cierta duda, pero después de dar otro trago a la botella, preguntó, como un niño pequeño a su padre.

—¿Podría jurarlo?

—No es necesario, Tito. Dentro de usted sabe que tengo razón en lo que digo.

Me puse de pie y le entregué la botella.

—Tome, le hará falta.

—Muchas gracias.

—De nada, patrón.

Me desaparecí por un atajo y supe —quién sabe cómo— que Lorena había fallecido en el momento indicado. De otra manera, habría muerto unos años después, en otro accidente, pero llevándose con ella a dos niños, de tres y cinco años. Por un momento pude ver el rostro de Tito en aquel instante de futuro horror y me faltó el aliento.

Tenían razón los ancianos. Por malo que pareciera, podía haber sido mucho peor.

En ese momento me encontré de frente con don Lucas.

—Buenos días, señor.

—Buenos días, don Lucas.

—¿Ya almorzó?

—Pues no.

—Véngase, vamos a su humilde casa.

Lo seguí de manera distinta a los días anteriores. De alguna manera ya me sentía parte de la cofradía; como de la familia del cementerio.

Don Lucas había confeccionado un guiso extraordinario, a base de nopales y flores de sábila, asados y bañados en salsa de aguamiel.

Mientras saboreaba aquella delicia con tortillas color negro, don Lucas dijo:

—Ya vi que estuvo usté' trabajando, patrón.

Pasé la comida que tenía en la boca, antes de preguntar, sorprendido.

—¿Me vio puliendo el mármol? Sólo fueron unos cuantos minutos.

—No, patrón. Me refiero a Tito.

—¿A Tito? Hice lo que pude, don Lucas.

—Todos lo hacemos.

En esta ocasión tampoco me permitió ayudarlo a lavar los trastes y, mientras me fumaba distraídamente un Delicados, dijo:

—Perdone el atrevimiento, patrón, pero ¿por qué se inquieta tanto?

Mis pensamientos se habían transportado unos instantes fuera del cementerio. Pensaba en Vivanco, en el Estilson y el flaco vestido de seda; en que eran capaces de hacerle daño al primero o algún otro de mis familiares o amigos.

—Usted lo sabe, don Lucas —respondí sin pensar.

—Pues sí, pero no se inquiete. Usté' es nada más una pieza chiquititita del destino; con todo respeto, no se dé tanta importancia, patrón.

—No puedo seguir disfrutando de todo esto mientras ellos peligran. Además, no puedo vivir escondido toda mi vida. Debo arreglar mis problemas.

—¿Y qué va a hacer, patrón? —preguntó, mientras se secaba las manos y encendía un Delicados.

—No sé. Tendré que conseguir dinero... Pagar las deudas...

Don Lucas guardó silencio.

—En fin, salir del cementerio —concluí lóbregamente.

El solo pensamiento del mundo que me esperaba fuera de aquellos muros me causó náuseas: el ruido, los gases, las aglomeraciones, la delincuencia, la ausencia absoluta de silencio...

—Eso es lo peor de todo, patrón. El ruido.

—Pues sí, don Lucas, pero usted bien sabe que es necesario madurar. Estos días aquí me han hecho muy feliz, pero debo resolver lo que tengo pendiente.

—Usté' sabrá, patrón. Dése una caminada; eso es bueno pa'l equilibrio.

Como se trataba de una orden, suavemente expresada, no discutí.

Tomé la calzada, sin atajos. Desgraciadamente, no podía asumir cuáles serían mis movimientos una vez fuera del cementerio. Debía pensar. Tenía una tía muy rica en Puebla. Tal vez ella me podría facilitar el dinero. Claro que me sugeriría que me quedara a vivir con ella, pues estaba muy sola... Y era francamente insoportable. De alguna manera me estaría vendiendo y ésa no sería exactamente una actitud madura. Pensé en salir y jugar a la lotería, pero la simple idea me produjo escalofríos.

Y, por otra parte, ¿cuándo vería a Tlaí?

Además, una vez fuera, tardaría algún tiempo en conseguir el dinero suficiente para cubrir todo lo que Zanabria había desfalcado. Durante ese tiempo, ¿podría presentar a Tlaí a mis amistades? ¿Comprenderían que un hombre de mi presunta estatura social pudiera enamorarse de una mujer tan humilde?

Y ¿qué sería de mí allá afuera? Sobre todo, después de haber conocido esta paz, esta vida...

Descubrí que estaba llorando, pero muy pronto me repuse. Había madurado un poco. Ya no era más un niño rico y nimio. En unos días me había hecho hombre. Además, ya no necesitaba pensar tanto.

Ahora sabía.

¡Por supuesto que resolvería mis problemas! ¡A como diera lugar! Y después volvería de nuevo al cementerio. Pero ¿sería todo igual? Para empezar, las circunstancias serían distintas. Aparte de que nada me garantizaba que, una vez fuera, pudiera volver a contaminarme y nunca más regresar.

Por otro lado, sabía muy bien que aquélla era una oportunidad única; tal vez tan única como haber nacido, pues, de hecho, había sido un renacimiento. ¿Acaso no había resucitado de entre los muertos en vida, los muertos funcionales?

Pero debía igualmente ser responsable.

Me pasé una buena parte del día caminando, tratando de encontrar el equilibrio.

Por fin, decidí que saldría al día siguiente, para empezar a ver qué sucedía.

Me fui a mi cripta, bebí una buena cantidad de licor de tejocote y me puse a dormir.

Por primera vez desde mi llegada, soñé y tuve una pesadilla...

Volvía a mi apartamento y allí estaba nada menos que el propio Zanabria. Se encontraba cómodamente instalado en un sillón de piel, con un buen coñac en la mano.

Vivanco también estaba allí y me recibía con un fuerte abrazo, al tiempo que me decía que todo el asunto de la muerte de Zanabria y lo del cementerio no había sido más que una horrible pesadilla, pero que ya todo estaba bien.

En eso, entraba a la habitación la muchacha de la limpieza y era nada menos que la propia Tlaí...

Desperté sudando.

El tejocote no había servido de mucho, no me ayudaba porque mi espíritu no estaba en paz. De cualquier manera, debía volver a mi mundo. Aceptar mi destino.

Al día siguiente no me animé a marcharme todavía. Deseaba recuperar un poco más mis fuerzas y hacer una especie de plan. Si no era con la tía de Puebla, Vivanco podría ayudarme o tal vez alguno de mis conocidos podría hacerme un préstamo.

Salí a caminar y llegué hasta el claro de los Zábato, pero Tito no andaba por allí. Tal vez era demasiado temprano; sin embargo, encontré a don Lázaro cavando una fosa, justo al lado de la tumba de Lorena.

—Buenos días, don Lázaro.

—Buenos, patrón.

—¿No le molesta si lo veo trabajar?

—Para nada. ¿No prefiere probar?

No lo dudé un instante. El hoyo apenas tendría un metro de profundidad. Don Lázaro salió de él ágilmente y yo me metí, tomando la pala en mis manos.

Me imaginaba que iba a sentir cosas mágicas, como al intentar pulir el mármol con don Jeremías. Sin embargo, no sentí más que una tierra muy dura, muy difícil de cavar.

Entonces don Lázaro me sacó de mis pensamientos.

—De esa manera no va a terminar nunca, patrón. Métase en la tierra, siéntala con la pala. ¡Acaríciela, pues!

Tenía razón. No lo estaba haciendo apropiadamente. Borré de mi mente todos los pensamientos que me inquietaban y traté de ponerme en contacto con aquella tierra, pero no podía.

Don Lázaro sugirió, quitándose el sombrero:

—A ver, patrón, quítese su sombrero y póngase éste.

Obedecí al anciano y empecé a cavar de nueva cuenta. Esta vez lo conseguí. Pude sentir dónde estaba cavando, cada pequeñísima capa de tierra representaba insectos, plantas y animales que habían muerto y formaban la tierra junto con grandes rocas, pulverizadas con el transcurso de millones de años en una fina arena; eso era la tierra, y entonces comprendí de pronto el sentido de enterrar: reintegrar.

Y algo más: dentro de aquella semitumba, me sentí por vez primera atraído al núcleo, al corazón del planeta. Por vez primera sentí la gravedad, la atracción nada menos que del corazón de mi madre, la Tierra, hacia ella.

Don Lázaro habló.

—Ya es suficiente, patrón.

Me ayudó a salir de la tumba y le regresé su sombrero, poniéndome otra vez el mío.

El viejo sonrió y me envolvió con una magia inexplicable. Como si hubiera echado un halo protector sobre mi aura, solamente con aquella sonrisa. Sentí que nada malo podría sucederme mientras me mantuviera cerca de aquellos ancianos.

Mis inquietudes volvieron a molestarme, pues si salía del cementerio no tendría muy cerca al enterrador aquel de la mágica sonrisa.

Ni a los otros.

Ni nada de todo aquello que me daba paz, que me hacía feliz.

Don Lázaro se dispuso a continuar con su trabajo.

—Tengo que terminar esta fosa, patrón, con su permiso.

Volvió a entrar al agujero y continuó cavando.

Me despedí y fui caminando por la calzada, en dirección a la casa de don Mateo, ansioso, pues deseaba saber si había alguna noticia sobre Tlaí.

Don Mateo no estaba; me recibió doña Licha, con una sonrisa de complicidad en el rostro.

—Buenos días, patrón.

—Buenos días, doña Licha.

—¿Ya almorzó?

—No, doña Licha.

—Siéntese, pues.

Mientras me deleitaba con unos tamales de rajas con queso que resultaron en verdad espectaculares, me sorprendió al preguntar:

—¿Qué me cuenta de Tlaí?

—Pues más bien pensaba que usted me diría algo acerca de ella.

—¿Yo? ¿Por qué? ¿Usté' no ha hablado con ella?

—Pues no, doña Licha. ¿Cómo? No he salido a la calle para nada y...

—¿Y necesita salir a la calle?

—Pues es que aquí no hay teléfono, doña Licha.

—¿Y apoco necesita de un teléfono para comunicarse con Tlaí?

Rápidamente asumí que había sido muy torpe. Supe de inmediato que, con tan sólo pensar en ella, podríamos hablar todo lo que quisiéramos.

Comí con mucho gusto y al terminar me animé a pedirle consejo a la dulce anciana.

—Doña Licha, tengo un problema. Debo volver a mi mundo porque...

—Lo sé, patrón.

—¿Cree que sea conveniente que me vaya?

—Esa respuesta solo usté' la tiene, patroncito. Váyase a caminar un rato. Le va a hacer bien. Solo acuérdese de que, sin importar lo que haga, todo saldrá como el Señor lo ha planeado.

Vagué un buen rato, llegué a la tumba de los Eulalios, pasé frente a la cripta de Inando y finalmente terminé frente a la tumba de Lorena, junto al claro de los Zábato.

Don Lázaro había avanzado bastante con su faena y me sorprendió que Tito no anduviera por allí.

¿Ya no volvería más? ¿Estaría en casa, deseando con todas sus fuerzas que Lorena regresara?

Me acerqué a don Lázaro, quien tomó un descanso y, desde dentro de la tumba que estaba cavando, me ofreció una botella con aguamiel.

Bebí y luego comenté:

—De casualidad, ¿no ha visto a Tito?

—Hoy no ha venido, patrón.

—Gracias, don Lázaro, nos vemos.

—Nos vemos, Señor.

Me dirigí a mi cripta. Deseaba estar a solas.

Me coloqué bajo el domo para ver si la luz servía para aclarar mis pensamientos. No pasó mucho tiempo antes de llegar a una conclusión: me marcharía tan pronto supiera algo de Tito, o bien si no se aparecía en unos días.

De alguna manera me parecía que Tito había sido mi misión dentro del cementerio y quería confirmar si la había cumplido.

Coloqué las cobijas en el piso y me desnudé para tomar todo el sol posible. Poco a poco me fui adormeciendo, pensando en Tlaí... recibiendo a Tlaí.

Cuando desperté me sentía completamente recuperado, como si me hubieran recargado las baterías.

Salí a estirar de nuevo las piernas y, por supuesto, me dirigí al claro de los Zábato.

Don Lázaro ya había terminado su tarea y se había marchado. La tierra que había sacado estaba cubierta con una manta verde. El agujero era perfecto, no me parecía que máquina alguna hubiera podido hacerlo mejor.

No se trataba nada más que de un hoyo. Nada de eso. Se notaba —se sentía— el calor humano en la labor realizada. Nunca me hubiera imaginado que una tumba pudiera producir una sensación acogedora. La excavación parecía cálida, con el calor de una madre recibiendo a su hijo.

Tito no estaba y llamó mi atención una música de mariachis cerca de allí. Me aproximé al lugar de donde provenía. Se trataba de un entierro y los mariachis le tocaban *Las Golondrinas* a quien partía.

Supe que se trataba de un hombre joven, casado. Sus dos hijos de ocho y diez años lo lloraban estupefactos, aunque, por su lado, la viuda no se notaba demasiado apesadumbrada. Sin embargo, alejada de la concurrencia pude ver a una joven mujer, llorando desconsoladamente. Su desconsuelo era idéntico al de Tito.

No lo tuve que pensar.

Era la amante del fallecido.

Sólo esto me faltaba. Una nueva pena. Otro dolor insoportable.

En verdad no estaba de humor para esas cosas, así que preferí volver al claro de los Zábato. Me acerqué a las aralias y pude apreciar que estaban perdiendo hojas, pero cientos de nuevos retoños les brotaban por todas partes. Eso era la vida. Por un lado, las golondrinas a unos, mientras por el otro, la bienvenida a la nueva vida, todo en un ciclo perfecto.

Sin embargo, mi inspiración se cortó de repente al distinguir a lo lejos, sobre la calzada, nada menos que a Tito, caminando en dirección a la tumba de Lorena, con su acostumbrado ramo de flores en la mano.

No pude evitar sentirme un fracasado.

No lo había convencido. Seguramente mis palabras no habían tenido la suficiente fuerza.

¡Claro! ¿Qué autoridad tenía yo? Nunca había respetado mis tradiciones. ¡Vamos! Ni siquiera las conocía.

Entonces algo más distrajo mi atención. La música de los mariachis había cesado y vi caminar entre las tumbas a la amante. No dejaba de llorar y lo hacía desesperadamente. Caminaba como hipnotizada, fabricando su propio atajo para llegar a la calzada, tal vez para evitar a los asistentes al entierro del amante.

Sin darse cuenta, iba caminando directamente hacia la tumba que había cavado don Lázaro aquella mañana. La mujer se notaba muy triste, tratando inútilmente de secarse las lágrimas con un pañuelo, y se volvía a intervalos a mirar el lugar del entierro de su amante.

Mientras tanto, Tito se aproximaba a buen paso por la calzada.

Temí que la mujer fuera a caer dentro del foso y estuve a punto de prevenirla, pero algo me hizo callar y quedarme donde estaba.

Tito no se había percatado de la presencia de la mujer, pues venía por la calzada y las criptas y tumbas la ocultaban a su vista.

Finalmente, la joven cayó de pie dentro del foso.

Me quedé paralizado.

Empecé a ver cómo se agitaban sus manos, que sobresalían del agujero, haciendo vanos intentos por salir.

Tito seguía aproximándose y, desde su perspectiva, debió de haberle parecido que aquellas manos salían de la tumba de Lorena.

Arrojó por los aires el ramo de flores y corrió al lugar. Llegó hasta el foso y, haciendo a un lado su absoluta sorpresa, tomó por los brazos a la mujer y la ayudó a salir de la tumba.

Desde el lugar en que me encontraba, pude ver claramente cómo se miraban sin cruzar palabra alguna.

Entonces supe que el sufrimiento había cesado.

El amor había vuelto.

Y me sentí muy feliz.

Aquella noche cené con don Mateo y doña Licha y les agradecí todas sus atenciones. Les conté la historia de Tito y la mujer que había caído al foso. Asimismo, les anuncié que partiría al día siguiente.

—Véngase a bañar y rasurar en la mañana, patrón.

—Ya tengo listo su traje y su corbata; la camisa también y sus zapatos ya están bien boleaditos —añadió la anciana, siempre dulce.

Se me llenaron los ojos de lágrimas y me despedí a señas, sin poder hablar.

Sin embargo, al llegar a mi cripta la tristeza desapareció ante la imagen en mi mente de Tito y su nueva pareja.

Sin pensar en lo que me aguardaba al día siguiente, dormí de maravilla.

CATORCE

✝

DESAYUNAMOS TACOS DE HUEVO Y UN CHILE que nunca había visto; picaba mucho aunque sabía delicioso, y, en un momento determinado, los tres estábamos llorando y moqueando, lo cual le agradecí en silencio a la sabia mujer. Había preparado así la salsa para disfrazar las lágrimas de mi despedida.

Me afeité y tomé una ducha. Al salir del baño ya tenía mi atuendo preparado. Don Mateo me prestó un peine y, por primera vez en varios días, me arreglé el cabello. A cada movimiento del peine, sentía que me iba llenando de una gran confianza.

Había traído todo de la cripta, las cobijas, mi sombrero.

Cuando miré aquella mañana el domo, sentí que el corazón se iba a fusionar consigo mismo, de pura melancolía.

—Vamos a que se despida de los muchachos, patrón.

«¿Los muchachos?», pensé, en tono sarcástico.

—Bueno, así les digo yo, pues. Deben de estar en casa de don Lucas.

Mientras caminábamos en silencio por la calzada, pues no tomamos atajos debido a mi vestimenta, recordé lo feliz que había sido en aquel paraje. Pensé incluso que ya tenía mi propia historia y que, de haber permanecido en el cementerio, tal vez algún día podría haberla contado a alguien. Tal vez a otra desesperada víctima de cualquier otro Zanabria.

Los muchachos ya estaban allí y todos se quitaron el sombrero para despedirse.

—¿Y el Hilario? ¿'Ónde anda? —preguntó don Mateo.

Pero en ese mismo instante llegaba don Hilario, riéndose, portando en la mano una pequeña y vieja maleta.

Me despedí con un abrazo de cada uno y cuando me llegó el turno con don Hilario, nos reímos juntos.

Finalmente don Mateo habló por todos.

—Ha sido un placer y un honor tenerlo aquí, patrón.

—Al contrario, el honor y el placer han sido míos. Ustedes bien lo saben.

—Sí, patrón, gracias. Y pues queremos regalarle algo entre todos.

—Ya me regalaron los mejores días de mi vida.

—¿Cuánto dinero necesita, patrón?

La pregunta me tomó por sorpresa.

—Pues no sé... Mucho.

Don Hilario se rió levemente, cubriéndose la boca, y a continuación abrió la maleta que había traído consigo.

—¿Cree que le alcance con esto? —preguntó don Mateo.

La maleta estaba llena de joyas. No pude evitar tocarlas y removerlas con la mano. Después de unos instantes perdido en aquella sorpresa, me volví a mirarlos, ciertamente, con cara de idiota, sin dejar de acariciar aquel tesoro.

—Pues es que luego cuando sacamos restos, siempre aparecen, patrón y ¿a quién se las damos? Son de los muertitos que no pagaron a perpetuidá'. Nadie se acuerda ya de ellos.

—Quién sabe por qué a ciertas gentes les gusta dejar la cáscara llena de joyas —dijo pensativo don Lázaro.

—¿Todo esto lo han encontrado aquí?

—Sí, patrón —intervino don Lucas—, pero ahora es suyo. A lo mejor se pregunta por qué no se lo hemos dado a los pobres, pero la verdá es que no era nuestra misión y ahora sí, patrón.

—¡Qué increíble!

—Pues sí. Ora ya puede hacer lo que tenga que hacer sin tantas presiones, patrón. Además, le va a hacer bien salir del panteón, señor.

—Pues sí —alcanzó a comentar don Hilario antes de reírse.

—No sé qué decir...

—No diga nada, patrón. Las cosas son porque deben ser.

—Bueno, en ese caso, no creo necesitar todo esto.

Recogí un buen puñado de las joyas: varios anillos de diamantes, esmeraldas, rubíes y zafiros, y me los repartí en los bolsillos del saco de mi impecable traje.

—Bueno, entonces, nos veremos pronto.

—Dios está con usté', patrón.

—Volveré.

Salí de casa de don Lucas dejando a todos los muchachos juntos. Me despedí después de doña Licha, asegurándole que pronto regresaría.

—Tarde o temprano, todos regresan, patrón.

EPÍLOGO

✝

Nada más pisar la calle, todo me pareció muy confuso.

De pronto me sorprendí acariciando las joyas en mi bolsillo.

No podía creerlo.

Por un momento, me dejé llevar por la seductora fantasía de la avaricia cuando, al ir a cruzar la calle, no puse atención y por poco me arrolla un autobús. Tras frenar completamente, me encontré de frente con la modelo —y su reloj—, en el anuncio espectacular del lateral del vehículo que por poco me mata.

FIN

Este libro se terminó de imprimir en
los talleres gráficos Top Printer S. L. L.
(Móstoles, Madrid) en el mes de marzo de 2006

✝